Eva Hierteis

Miss Kiss
und die Sache mit dem
Küssenmüssen

Eva Hierteis

Miss Kiss und die Sache mit dem Küssen Müssen

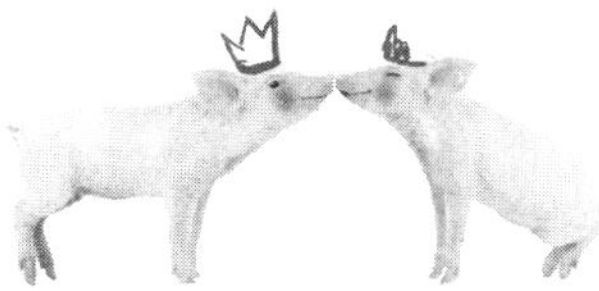

cbj

Dieses Buch ist auch als E-Book erhältlich.

Für meine Luzi.

MIX
Papier aus verantwortungsvollen Quellen
FSC® C014496

Verlagsgruppe Random House FSC® N001967

1. Auflage 2017

Umschlaggestaltung: *zeichenpool, München,
unter Verwendung eines Motivs von
shutterstock (photomaster, Curly Pat)
kk · Herstellung: RN
Satz: Uhl + Massopust, Aalen
Druck: GGP Media GmbH, Pößneck
ISBN: 978-3-570-17428-9
Printed in Germany

www.cbj-verlag.de
Du findest uns auch auf Instagram @hey_reader

1. Kapitel

… in dem ich einen Brief küsse und in einem Briefkasten feststecke

Ich steckte fest. Mit der Hand in einem Briefkasten. So was konnte echt nur mir, Milly Anne Kissinger, passieren. Nicht umsonst nennt mein großer Bruder Ole mich gern Milly *Panne* Kissinger.

Jetzt fragt ihr euch bestimmt, wie die Hand da hingekommen ist. Angefangen hat alles mit dem Brief. Es war die letzte Sommerferienwoche, als er kam. Eigentlich liiiiiebe ich Ferien. Vor allem die Sommerferien, denn das ist die große Freiheit. Aber wenn in den Ferien ein Brief von der Schule kommt, an meine Eltern adressiert, dann ist eher große Mulmigkeit angesagt.

Mein erster Gedanke war: Jetzt ist es doch rausgekommen. Irgendwie haben die nachträglich spitzgekriegt, dass ich den letzten Mathetest fast komplett von Luzi abgeschrieben habe. Und dann haben sie mir statt der rettenden Zwei eine Sechs verpasst und ich bin sitzen geblieben.

Oh nein, dann müsste ich die fünfte Klasse wiederholen. Ohne Luzi. Dabei mache ich nie was ohne Luzi. Wir sind alleroberbeste Freundinnen. Schon immer. Seit Tanja mir im Kindergarten drei Tage hintereinander eine Schaufel Sand über die Haare geschüttet hat, wenn die Erzieher gerade nicht hingesehen haben. Am dritten Tag hat Luzi sie gepackt (nicht die Schaufel; auch nicht die Erzieher, sondern Tanja) und sie mit dem Kopf in den Sand gesteckt. Ab da waren wir unzertrennlich, wie Zwillinge, und bald schon nannten uns die anderen *Hansi und Nansi*, weil sie das irgendwie *noch* lustiger fanden als *Hanni und Nanni*.

Ich legte den Brief auf den Küchentisch und starrte ihn an, als könnte ich durch extrem intensives Hingucken durch den Umschlag lesen, was darin stand. Es fühlte sich an, als würde eine eiskalte Hand mein Herz packen und feste zudrücken.

Mama war gerade einkaufen, und den Brief allein aufzumachen, traute ich mich nicht. Stattdessen rief ich Luzi an, aber sie ging nicht ran. Kein Wunder, sie war ja auch im Urlaub. Echt voll fies, dass ihre Eltern immer sechs Wochen mit ihr zum »Zelten ohne alles« gehen: ohne Strom, ohne fließendes Wasser und ohne Handy. Natur pur und Erholung total nennen sie das. Ich nenne das Grausamkeit pur und

Folter total. Ich meine, *sechs* Wochen ohne Handy und ohne mich! So hocken sie dann auf irgendeinem Campingplatz in der polnischen Pampa. Da schwören sie drauf. Luzi pfeift natürlich drauf. Aber sie pfeifen wiederum drauf, dass ihre Tochter drauf pfeift, und ich bin ihnen anscheinend auch völlig egal.

Ich ließ mich auf einen Stuhl fallen und starrte abwechselnd auf den Brief und auf die Küchenuhr an der Wand, deren Zeiger sich extrem lahmarschig bewegten. Dazu kaute ich ein wenig auf einer Haarsträhne und zog an meinen Fingern, bis sie knackten.

Habt ihr eine Ahnung, wie lang so ein paar Minuten sein können? Die können sich dehnen wie ein Riesenkaugummi, eine Feinstrumpfhose, eins von Mamas Sport-Therabändern und schlimmer als eine Mathestunde, in der ich mal wieder keinen Schimmer habe.

Dann hörte ich es. Oder ihn. Oder sie. Oder so. Das Türschloss nämlich und den Hausschlüssel und Mama. Schwer bepackt kam sie in die Küche und ihr dunkelbrauner Haarschopf lugte nur knapp hinter zwei braunen Papiertüten hervor. Sie ließ die Tüten auf den Küchentisch plumpsen, genau auf den Brief drauf.

Ich zog ihn unter den Tüten heraus. »Da ist Post für Paps und dich gekommen«, krächzte ich und hielt ihn ihr hin. »Von der Schule.«

»Von der Schule?« Sie nahm mir den Umschlag aus der Hand. »Na, so was. Sollen Rainer und ich wohl noch mal die Schulbank drücken?« Kichernd holte sie ein Messer aus der Schublade und begann, den Umschlag gemächlich aufzuritschratschen.

Ich kaute hektischer auf meiner Haarsträhne. *Krxxx*, war sie ab und ich hatte lauter Haarfitzel auf der Zunge. Das war voll das eklige Gefühl im Mund.

Mama faltete den Brief auseinander und las. Ihre Augen verengten sich und mein Hals verengte sich auch.

Dann schüttelte sie den Kopf. »Das gibt's doch nicht«, murmelte sie, den Blick noch immer auf den Brief geheftet. »So was hab ich ja noch nie gehört.«

»Es tut mir so leid. Das war echt saublöd von mir«, sagte ich. »Aber Fabian hat auch abgeschrieben. Und Pauline und Paulina. Das machen ganz viele. Echt!« Die waren nur nicht so doof und ließen sich erwischen. Und dann auch noch nachträglich …

»Du musst auf eine andere Schule.« Endlich sah sie mich an.

Ich sog erschrocken die Luft ein und verschluckte mich an meinen abgebissenen Haaren. Hust. Röchel. Würg.

Das war ja noch viel schlimmer, als ich befürchtet hatte. Ich musste auf eine andere Schule? Eine Art Strafanstalt für Abschreiber? Gab es so was? Warum hatte mich niemand gewarnt? So etwas muss einem doch gesagt werden! Die hatten mich einfach in mein Unglück rennen lassen.

»Ich ... ich will nicht ins Schülergefängnis«, stammelte ich. »Bitte, Mama, das darfst du nicht zulassen!« Ich warf mich mit den Knien auf den Küchenboden mitten zwischen die klebrigen Überreste von Brunos Frühstücksmüsli und umklammerte ihre Beine.

Mama sah mich an, als käme ich vom Mars. »Steh auf, Milly«, sagte sie, »mach nicht immer so ein Drama.« Kopfschüttelnd strubbelte sie mir durch die Haare. »Du kommst auf ein anderes Gymnasium in der Stadt. Eure alte Schule schließt aufgrund der stark gesunkenen Schülerzahlen, steht hier.«

»Was?«, schrie ich und vor Erleichterung plumpste ein ganzer Felsbrocken von meinem Herzen auf den Fußboden runter. Ich sprang auf, riss Mama den Brief aus der Hand und küsste ihn.

»Es heißt *wie bitte*«, sagte Mama.

»Das Gymnasium heißt *Wie bitte*? Was für ein selten bescheuerter Name!«, kicherte ich. »Hi, ich gehe aufs *Wie bitte,* und du?«

Mama seufzte. »Nein, die Schule heißt Wolfram-von-Eschenbach-Gymnasium. Ihr werdet alle auf verschiedene Schulen in der Stadt verteilt. Jede nimmt ein paar Kinder auf: das Wolfram-von-Eschenbach, das Goethe, das Neue Gymnasium und das Wilhelm-Hauff. Da werdet ihr in Zukunft einen ganz schön weiten Weg haben.«

»Auf verschiedene Schulen ...«, flüsterte ich. Und da erhob sich der Felsbrocken vom Küchenfußboden und senkte sich wieder auf mein Herz. Denn wer sagte mir, dass Luzi auch auf dieses Wolfram-von-Eschenbach-Gymnasium kam?

Am Nachmittag hatte ich eine Erleuchtung: Bestimmt hatte Luzi auch so einen Brief gekriegt, den sie wegen ihrer beknackten Natur-pur-Eltern nur nicht lesen konnte. Aber *ich* schon!

Ich nahm meinen Tretroller und flitzte los. Zum Glück wohnen wir nicht weit auseinander. Schon von Weitem leuchtete mir ihr großer knallroter Briefkasten entgegen, als wolle er sagen: *Hier! Zu mir! Ich helfe dir!*

Erst überlegte ich, ihn aufzubrechen. Doch das Ding sah sehr stabil aus. Also musste ich mit etwas mehr Feingefühl vorgehen.

Wie ein Schwerverbrecher sah ich mich um. Die Luft war rein. Schnell steckte ich meine Hand in den Briefkastenschlitz und tastete. Fand nichts. Tastete weiter. Als ich kurz eine Papierecke berührte, schob ich die Hand noch tiefer hinein. »Gleich hab ich dich«, murmelte ich. Noch ein bisschen, dann würde ich den Umschlag zu fassen bekommen – oder auch nicht, denn der Brief rutschte ganz nach unten. Ich versuchte, meinen Arm weiter in den Schlitz zu quetschen, doch vergeblich. Keinen Millimeter ging es mehr vorwärts. Und rückwärts auch nicht.

Da stand ich nun. Und steckte fest.

Ich rüttelte und schüttelte und zerrte und plärrte. Aber meine Hand saß fest. Und jetzt bog auch noch die neugierige Frau Rauschmann um die Ecke und näherte sich zwar gemächlich, aber unaufhaltsam. Hinter sich her zog sie an der Leine Bingo, den kleinen Kläffer.

Mein erster Gedanke war: wegrennen. Ging nur schlecht. Mein zweiter: mich komplett in den Briefkasten quetschen. Aber genauso wenig, wie meine Hand rausging, ging mein Arm weiter hinein.

Ich war geliefert! In diesem Moment verfluchte ich, dass wir in einem Dorf wohnen, wo jeder jeden kennt. Wenn die Rauschmann das mit der Hand im Briefkasten merkte, dann wusste es morgen das ganze Kuhkaff. Ich hörte schon den Klatsch: »Stellt euch vor, die kleine Kissinger klaut die Post direkt aus dem Briefkasten.« Dabei würde sie vermutlich selbst am liebsten die Post von den anderen Leuten lesen, so neugierig, wie sie war.

Hektisch riss ich mit der linken Hand an meiner Strickjacke, die ich mir umgebunden hatte, breitete sie im letzten Moment über den Briefkasten und tat, als würde ich ihn umarmen. Sollten sie lieber sagen: »Die kleine Kissinger hat einen an der Klatsche.«

»Sieh an, sieh an, die kleine Kissinger«, sagte Frau Rauschmann und blieb direkt neben mir stehen. »Du weißt aber schon, dass Luzi noch im Urlaub ist? Sechs

Wochen sind sie mal wieder weg, die Schneiders.« Sie schnalzte missbilligend mit der Zunge. »Diese Lehrer … na ja, wem's gefällt. Ich sage immer, daheim ist es am schönsten.«

»Finde ich auch«, log ich, obwohl ich mich gerade auf die andere Seite der Weltkugel wünschte. »Ich vermisse Luzi nur so, und da dachte ich, ich schaue trotzdem mal bei ihr vorbei.« Mit der linken Hand streichelte ich den feuerroten Briefkasten und grinste ein bisschen irre dazu.

Frau Rauschmann schlenkerte aufgeregt ihre Riesenhandtasche hin und her, und es kam mir so vor, als würden sich ihre ohnehin großen Nasenlöcher ein wenig aufblähen, während Bingo ganz ungeniert an meinem Bein schnüffelte. Keine Frage, sie hätte am liebsten an meinem Arm geschnuppert, denn sie roch den Braten. Mit ihren kleinen, faltenumkränzten Augen sah sie mich an und wartete auf mehr.

Aber ich drehte den Spieß einfach um. »Und was haben *Sie* Schönes vor, Frau Rauschmann?«, fragte ich scheinheilig. *Also außer mir hinterherzuspionieren?*

Sie rückte ihre lilagraue Dauerwelle zurecht. »Zum Frisör«, erklärte sie, rührte sich jedoch nicht vom Fleck.

»Na, dann«, meinte ich und winkte ihr zu. »Sie haben sicher einen Termin.«

Frau Rauschmann schlenkerte noch ein paarmal

mit ihrem Handtaschenmonstrum, stieg von einem Fuß auf den anderen und sagte Dinge wie »tja-ja«, »nun gut« und »sieh an, sieh an«.

Dann blieb ihr nichts anderes übrig, als mit Bingo abzuziehen – natürlich nicht, ohne sich noch ein paarmal nach mir umzudrehen.

Erleichtert atmete ich auf. Doch kaum war Frau Rauschmann außer Sichtweite, nahte schon die nächste Katastrophe und jemand kam um die Ecke geflattert.

Ja, ihr habt richtig gelesen: geflattert. Das machen ja eigentlich nur Vögel. *Und* Tanja. Mit winzig kleinen Tippelschritten sauste sie um die Kurve und tat, als würde sie schlittern. Die Arme hatte sie dabei angewinkelt, sodass sich die Hände fast auf Höhe der Schultern befanden, wo sie kleine Flügelschlagbewegungen vollführten.

Oh nein. Die hatte ich seit dem Kindergarten nicht mehr gesehen, als sie mit fünf in die Stadt gezogen war. Was machte sie hier? Wie ein hypnotisiertes Kaninchen blickte ich ihr entgegen, während sie näher und näher kam. Eigentlich sah sie aus wie früher, nur dass sie schwarz getuschte Wimpern hatte und einen halben Meter größer war.

Plötzlich fühlte ich mich wieder ganz klein. Wie damals im Kindergarten, als Mama mir immer Ringelshirts verpasst hat und die alten Latzhosen von Ole mit den abgeschabten Knien.

In Tanjas Augen blitzte es, als sie meine Situation erfasste. Zugegeben: Sie hatte sehr hübsche grüne Augen. Aber das gemeine Lächeln, das sich nun auf ihr Gesicht stahl, verlieh ihr etwas Krokodilhaftes.

Sie sah sich um. Überlegte sie gerade, wo sie eine Ladung Sand herbekam, jetzt, wo ich hilflos vor ihr stand?

Doch dann bogen ihre Eltern um die Ecke und Tanja begnügte sich mit einer bissigen Bemerkung – die erwachsene Version von Sandwerfen.

»Na, zu blöd zum Briefeklauen?«, fragte sie.

»Na, immer noch zu blöd zum Laufen?«, gab ich zurück. Und das war noch die nette Variante, denn vor meinem inneren Auge lief gerade ein ganz anderer Film ab, in dem ich total cool und total stark und total super war und den Briefkasten aus dem Fundament riss, um ihn Tanja um die Ohren zu hauen.

»Ach, ist das nicht die Milly?«, rief Tanjas Vater mir entgegen.

»Die Milly aus dem Kindergarten, Tanja! Wie nett, dass ihr euch mal wieder trefft. Wir waren schon so lange nicht mehr in der Gegend«, meinte ihre Mutter. »Wohnst du immer noch hier?«, fragte sie an mich gewandt. Es klang mitleidig. »Hier hat sich ja wirklich gar nichts verändert in all den Jahren.«

»Stimmt«, warf Tanja ein, »alles sieht genauso aus wie früher. So ist das eben auf dem platten Land.«

Bildete ich mir das nur ein oder hatte sie dabei auf meine Brust geguckt?

»Na dann, schönes Leben noch. Wir düsen jetzt mal weiter«, meinte sie mit einem zuckersüßen Lächeln und stolzierte mit hoch erhobenem Kopf und ihren Eltern davon, die mir noch freundlich zuwinkten.

Ja, düst ihr nur ab, dachte ich und sah ihnen grimmig hinterher.

Als sie endlich weg waren, fuhren noch zwei Autos und ein Traktor vorbei und mir wurde jedes Mal heiß und kalt. Wie wild rüttelte ich und zog. Das Blech des Briefkastens schnitt in meine Hand und Tränen stiegen mir in die Augen.

»Scheißkasten«, fluchte ich und schlug darauf. Aber das half natürlich auch nichts. Ich musste mich befreien. Oder vielmehr *jemand* musste mich befreien. Allein schaffte ich es einfach nicht.

Habt ihr schon mal probiert, mit der linken Hand das Handy aus der rechten Hosentasche zu fischen? Das ist gar nicht so einfach, kann ich euch sagen. Nach mehreren Anläufen gelang es mir schließlich. Fragte sich nur, wen ich anrufen sollte. Paps schied aus – der hätte mich mit seinen Zahnarztbohrern und Zangen vermutlich loseisen können, aber auf das Donnerwetter hinterher konnte ich verzichten. Mama war auch keine gute Idee: Da gäbe es Donnerwetter vorher, Donnerwetter mittendrin *und* Donnerwetter hinterher. Und mein kleiner Bruder Bruno war grundsätzlich keine große Hilfe, egal worum es ging. Blieb Ole.

Beim Gedanken an ihn verdrehte ich die Augen. Ole würde das alles hier unheimlich witzig finden und mich bis ans Ende meiner Tage damit aufziehen. Aber ich hatte keine andere Wahl.

Zum Glück ging er gleich beim zweiten Klingeln dran.

Keine fünf Minuten später kam er angebraust. Mit seinem Mofa, Papas Werkzeugkasten, rohen Ole-Kräften und einem superbreiten Grinsen. Selten hatte ich mich so gefreut, ihn zu sehen.

»Was machst du denn da?«, fragte er.

»Angeln«, sagte ich. »Oder nein: Extreme-Brief-kasting. Das ist eine neue Trendsportart.«

»Extreme-dusselige-Schwester-Retting auch«, erwiderte er.

Gegen meinen Willen musste ich lachen. Manchmal war es gar nicht so schlecht, einen großen Bruder zu haben.

Wiederum fünf Minuten später hatte er mich befreit und ich rieb mir das schmerzende Handgelenk. Keine Ahnung, wie genau er das geschafft hatte, denn ich hatte die ganze Zeit über die Augen zugekniffen.

»Danke! Danke! Danke!«, rief ich und fiel ihm um den Hals.

Er löste meine Arme von sich, als hätte ich eine ansteckende Krankheit, packte das große Stemmeisen zurück in die Werkzeugkiste und schwang sich wieder auf sein Mofa. »Also, dann, tschüssinger«, sagte er. »Und wenn du Nansi das nächste Mal einen Liebesbrief schreibst, dann pass besser auf, dass du nicht gleich selbst in den Briefkasten fällst.«

»Ha-ha«, motzte ich ihm hinterher.

Ich hatte mich geirrt: Es war *immer* schlecht, einen großen Bruder zu haben.

In dieser Nacht träumte ich, ich wäre Briefkasten-Girl. Briefkasten-Girl war genauso super drauf wie Superman und hatte statt der rechten Hand einen riesigen blutroten Briefkasten an ihrem Arm, mit dem sie im Kampf gegen das Böse gnadenlos reindreschen konnte. Mit einem einzigen hammerharten Schwung gelang es ihr, ihre grunzgemeine Gegenspielerin, die Fiese Flatter, auf den Mond zu schießen. Das Letzte, was man von der Fiesen Flatter sah, war, wie sie mit hektischen Handbewegungen versuchte, einem Meteoriten auszuweichen. Vergeblich, versteht sich. Und Briefkasten-Girl winkte ihr mit der anderen, normalen Hand lächelnd hinterher und rief: »Guten Flug!«

Das war ein Supertraum.

Aber ab da ging er irgendwie schief, und Briefkasten-Girl kam mutter- und luziseelenallein in eine neue Schule und musste mit links schreiben und nasebohren und simsen lernen, weil ihre rechte Hand ja noch immer in einem Briefkasten steckte, den sie überall mit sich rumschleppte. Und *der* Traum war überhaupt nicht super.

2. Kapitel

... in dem ich vor versammelter Mannschaft fast-geküsst werde und es eine Ohrfeige setzt

Am ersten Schultag wurde extrem viel geschrien.

Ich schrie.

Ole schrie.

Und zuletzt schrie auch noch Mama.

Aber nicht, dass ihr glaubt, ich schrie, weil ich luziseelenallein in die neue Schule gemusst hätte. Nein, das Schicksal – oder das Schulamt – hatte es gut mit uns gemeint, und ich schwebte im siebten Himmel, seit ich wusste, wo Luzi demnächst den Vormittag verbringen würde: nämlich auf einer Schulbank neben *mir!*

Als sie vor zwei Tagen endlich aus dem Urlaub zurückgekehrt war und sich herausgestellt hatte, dass sie an dieselbe Schule kam wie ich, waren wir uns erst mal um den Hals gefallen und auf und ab gesprungen. Dabei fiel mir auf, dass Luzi plötzlich ein paar Zentimeter größer war als ich. Insgesamt wirkte sie irgendwie verändert: Sie war bräuner, ihre Zähne wirkten weißer und sie hatte ganz helle Strähnen in den blonden Haaren. Und richtige kleine Brüste hatte sie auch bekommen. Schön sah das aus. Ich nahm mir vor, mir bei Gelegenheit auch welche wachsen zu lassen. Immerhin wurde ich bald zwölf. Da hat man doch ein Recht auf einen Busen.

Aber darum würde ich mich wann anders kümmern, denn das mit der neuen Schule war jetzt erst mal wichtiger.

»OOOOLE«, brüllte ich und hämmerte an die Badtür.

Ich war extra früh aufgestanden. Am ersten Tag in der neuen Schule wollte ich einen perfekten Eindruck machen und mir mit Mamas Mascara die Wimpern tuschen. Luzi und ich experimentierten erst seit eineinhalb Tagen damit, und ich brauchte ziemlich lang, bis es anständig aussah.

Für die Pappnasen in meiner alten Schule wäre ich keine Sekunde früher aufgestanden. Die kannte ich alle schon ewig. Die meisten waren seit der ersten Klasse mit mir zusammen und ein paar sogar seit dem Kindergarten. Deshalb wussten sie auch über all meine Peinlichkeiten und Pannen Bescheid. Zum Beispiel wie Luzi und ich im Kindergarten versucht hatten, unsere Popel zu verkaufen mit dem Slogan: *süß und saftig, ein Euro achtzig*. Oder als mir in der ersten Klasse nach dem Klogehen mal der Saum von meinem Rock hinten in der Unterhose steckte. Und dass ich im Karneval und an Halloween immer zusammen mit Luzi als Pferd verkleidet war – und ich war natürlich das Hinterteil.

Aber nun begann mein neues Leben in einer neuen Klasse einer neuen Schule mit lauter nagelneuen Mädchen und nigelnagelneuen Jungs. Da konnte ich ganz groß rauskommen. Da konnte ich eine coole Nummer sein und nicht mehr Hansi oder Nansi oder die Pferdearsch-Milly. Das war meine Chance, mich neu zu erfinden.

Und die wollte ich nutzen.

Aber im Bad war Ole und steckte da so fest wie neulich meine Hand im Briefkasten – egal wie oft ich klopfte, wie laut ich schrie und wie sehr ich drohte. Und ich kann ganz schön übel klopfen, schreien und drohen.

»OOOOLE, JETZT.«

Poch.

»MACH.«

Poch.

»ENDLICH.«

Poch.

»AUF!«

Poch-poch-poooooooooch.

Im Bad jedoch herrschte Stille. Nur von unten aus

der Küche brüllte Mama herauf, dass wir uns beeilen sollten.

In den letzten Wochen der Sommerferien hatte ich wohltuende Ruhe vor Mama gehabt, und das war auch gut so, denn sie ging mir zurzeit unheimlich auf die Nerven. Allein schon wie sie kaute. So kau-kau. Und dann schluckte sie auch noch so komisch laut. Zum Glück war sie in letzter Zeit oft weg. Und selbst wenn sie da war, war sie mit den Gedanken woanders. So eine Phase hatte sie schon mal. Sie kriegt dann einen ganz leeren Blick, kocht seltsame Dinge oder gar nichts, weil der Kühlschrank leer ist, und manchmal murmelt sie vor sich hin und macht mit ihrer Krickelkrakelschrift irgendwelche unleserlichen Notizen.

Aber heute, am ersten Schultag, war sie voll da, was vielleicht auch daran lag, dass Ole und ich solchen Krach machten, dass sie gar keine andere Wahl hatte, als mitzuschreien.

»Ole, Milly, los jetzt«, rief sie von unten.

»Komm sofort raus, sonst verstecke ich deine Schultasche, Ole«, drohte ich oben.

Schweigen.

»Und ich werfe dein Handy aus dem Fenster.«

Aber Ole machte sich nicht einmal die Mühe, mir zu antworten. Wahrscheinlich war ihm seine Schultasche egal und sein Handy hatte er einstecken.

Jetzt hätte ich gut meine Briefkasten-Girl-Hand

brauchen können. Dann läge die Badtür längst in Trümmern, Ole wäre wimmernd geflohen und ich könnte in Ruhe an meiner Schönheit feilen.

Ich sah heute ganz ungewohnt aus mit meiner Jeans-Hotpants und den Leggings darunter und den von mir eigenhändig mit Kulli bemalten Leinenturnschuhen mit den quietschgrünen Schnürsenkeln. Die größte Veränderung hatte jedoch auf meinem Kopf stattgefunden: Meine Halb-halb-Haare – halb blond und halb braun nämlich – hingen mir (trotz Schule) in die Augen. Ich mochte nicht mehr diese Zöpfe haben, die Mama mir immer machte. Ich war ja kein Korb, dass ständig alles an mir geflochten sein musste. Ich wollte eine wilde Mähne, die mir eine verwegene Aura verlieh. Auch wenn ich nichts mehr sah. *Vorhang* sagt Paps dazu, wenn ich die Haare so trage. Also: Vorhang auf für die neue Milly! Musste ja keiner wissen, dass sich darunter immer noch die alte Panne verbarg.

Jetzt brauchte ich nur noch das bisschen Wimperntusche, dann war ich ziemlich annehmbar – ganz im Gegensatz zu Ole. Was machte der da bloß so lang? Er sah doch sowieso doof aus. Wie ein Ole eben. »Was machst du denn so lang da drin?«, brüllte ich.

»Milly!«, schrie meine Mutter erneut von unten. »Komm jetzt, sonst ist der Bus weg!«

»Ole macht die Badtür nicht auf«, plärrte ich zurück. Petzen war immer gut.

»OOOLE!«, kreischten diesmal Mama und ich zusammen.

Im Badezimmer herrschte noch immer Schweigen. War der im Klo ertrunken oder was? Als ich durch das Schlüsselloch lugte, sah ich ihn mit Papas Rasierwasser hantieren.

»Rasierwasser hilft nichts gegen Pickel«, rief ich. »Und gegen *dein Gesicht* hilft sowieso gar nichts!«

Mein neuer Schlachtplan lautete, ihn so zu ärgern, dass er rauskam, um mich zu verkloppen.

Und tatsächlich: Die Tür flog auf und Ole stürmte heraus. Er roch, als hätte er Papas Rasierwasser komplett ausgetrunken, und er roch nach Ärger. Er baute sich vor mir auf. Mit seinen sechzehn Jahren ist er eineinhalb Köpfe größer als ich.

Zum Glück kam in diesem Moment Mama die Treppe rauf und sagte: »Herzlichen Glückwunsch, ihr beiden, jetzt ist gerade der Bus weggefahren.«

Das ist das Gute, wenn man in einem Dorf wohnt, wo es nur *eine* richtig große Straße gibt: Man sieht, wenn der Bus weg ist.

»Und jetzt?«, fragte ich. »Kann Papa mich fahren?«

Mama schüttelte den Kopf. »Der ist mit Bruno schon zur Tagesmutter.« Sie überlegte. »Ole bringt dich mit dem Moped zur Schule.«

»Aber«, sagten Ole und ich wie aus einem Munde und waren uns ausnahmsweise mal einig.

»Nix aber«, sagte Mama, und damit war es beschlossene Sache.

Wenig später saß ich stinksauer hinter Ole auf seinem Mofa und der Helm drückte meine kunstvoll verwuschelte Frisur platt.

Ärgernis 1: Ich musste mich an Ole ranschmiegen. Ich habe ja den Verdacht, dass er sich mit mir immer extra stark in die Kurven legt, damit ich mich richtig an ihn klammern muss.

Ärgernis 2: Ich war völlig benebelt von seinem Rasierwasser.

Ärgernis 3: Wegen ihm kam ich jetzt mit ungetuschten Wimpern in die Schule. Wie sollte man so denn bitte ein neues Leben anfangen, hm?

Einundzwanzig zu schnell genommene Kurven später kam meine neue Schule in Sicht. Sie war klotzig und betongrau und sehr, sehr groß. Vier Reihen Fenster übereinander blitzten mich verheißungsvoll in der Morgensonne an, als wollten sie mir zuzwinkern. Auf dem Pausenhof herrschte bereits ein Riesengedränge. Die mussten hier bestimmt nicht wegen Schülermangel schließen. Unter einem knorrigen Baum entdeckte ich Luzi, die mir winkte. Überhaupt hatte ich das Gefühl, dass sich alle Köpfe zu uns drehten. Das lag vermutlich daran, dass Ole wie ein Irrer mit quietschenden Reifen auf den Bürgersteig hochrumpelte.

Am liebsten hätte ich den Kopf eingezogen und mich ganz klein gemacht. Aber nein. Das hier war mein neues Leben, und in diesem neuen Leben zog Milly nicht den Kopf ein, sondern nahm den Helm ab und schüttelte lässig ihre Mähne aus wie die Frauen in der Shampoo-Werbung.

»Das sag ich Mama«, zischte ich meinem Bruder zu.

Statt einer Antwort ließ Ole den Motor noch ein letztes Mal aufheulen.

»Das sag ich auch Mama«, sagte ich und verpasste ihm unauffällig einen Fausthieb in die Nierengegend. »Und morgen lässt du mich gefälligst ins Bad, klaro? Ich meine, für wen brezelst du dich überhaut so auf? Dir kommt sowieso keine zu nahe. Zum Küssen ist da ja nirgends Platz zwischen den Pickeln!« Die neue Milly gab sich alle Mühe, überlegen zu lächeln und einen leicht gelangweilten Blick in die Menge zu werfen. So ging das – also, falls es wirkte wie beabsichtigt.

Aber was war das?

Vor mir entdeckte ich etwas, das direkt auf mich zukam, so groß und rosarot und feucht wie ein Kuhmaul.

Oles Mund!

Und er kam immer näher. Gleich würden seine Lippen meine berühren. In letzter Sekunde konnte ich mich zur Seite drehen und Oles Mund schmatzte direkt neben meinem Mundwinkel auf die Wange.

Igitt!

Im nächsten Moment kam von rechts etwas angesaust – ups, das war ja meine Hand! – und landete *zack* ebenfalls laut schmatzend auf Oles Wange. Die hatte ganz schön Schwung gehabt, die Hand. Briefkasten-Girl hätte es nicht besser gekonnt.

3. Kapitel

… in dem aus einer kleinen Flunkerei eine dicke, fette Lüge wird

Einen Moment lang schien die Zeit stillzustehen.

Ole guckte mich an.

Ich guckte ihn an.

Wir guckten uns an. Dann sprangen die Uhren wieder an.

»Au!«, sagte Ole und rieb sich verwundert die Backe.

»Hau bloß ab!«, fauchte ich ihn an. Ich drückte ihm meinen Helm vor die Brust, stieg ab und marschierte mit zittrigen Knien auf den Schulhof. Hinter mir hörte ich noch ein paarmal Oles Roller aufdröhnen, aber ich würdigte ihn keines Blickes mehr, als er mit quietschenden Reifen in seine Wirtschaftsschule davonbrauste. Um mich herum ging ein Raunen durch die Menge, während ich mir meinen Weg zu Luzi bahnte. Meinen ersten Tag in der neuen Schule hatte ich mir ganz anders vorgestellt. Was für ein selten bescheuerter Auftritt!

Zum Glück rettete mich in diesem Moment der Gong und alle strömten in ihre Klassenzimmer. Sonst hätte am Ende noch jemand gesehen, dass mir Tränen in die Augen traten. Hastig wischte ich sie mit dem Handrücken weg. Vielleicht war es doch ganz gut, dass ich keine Wimperntusche draufhatte.

Am liebsten hätte ich mich jetzt mit Luzi in eine Ecke verzogen, um mich von ihr trösten zu lassen und zu überlegen, wie ich aus der Sache am besten wieder rauskam, aber kaum hatten wir beide uns im Klassenzimmer eine Doppelbank gesucht und die Köpfe zusammengesteckt, wartete bereits der nächste Schock auf uns.

Stellt euch vor, wer auch in unserer neuen Klasse war! Oder stellt es euch lieber nicht vor.

Tanja!

Nur sagten hier alle *Janja* zu ihr. Merkwürdig, oder? Wie es schien, hatte sie sich einen interessanteren Namen zugelegt. Offenbar war ich nicht die Erste, die auf die Idee mit dem neuen Image verfallen war.

Luzi und ich kriegten uns gar nicht mehr ein, aber bevor wir die neuerliche Katastrophe bequatschen konnten, kam schon unser Lehrer, und der war so was von panne, dass wir kurzzeitig abgelenkt waren. Erstens verriet er uns, dass er Referendar war, also noch gar kein richtiger, fertiger Lehrer, und zweitens stellte er sich als Herr Fistab vor. »Wie Fischstäbchen, nur nicht mit *sch.*« Oh Mann, das Fischstäbchen musste echt noch viel lernen!

Um den Mund herum hatte er ein kreisförmiges Bärtchen mit Rotstich und um den Bauch herum ein dunkelbraunes Kordjackett, das ein wenig spannte – wohl zu viele Fischstäbchen drin, was? Nach Deutsch beim Fischstäbchen hatten wir Mathe bei Frau Brommer, die mit fünf Bimmelketten behängt war wie ein Christbaum.

Bis dahin hatten Luzi und ich uns schon wieder ein wenig gefasst und versuchten nun, die Lage zu klären. Aber wegen des Kussproblems wollte mir überhaupt nichts einfallen, und auch Luzi war keine große Hilfe, egal wie viel wir heimlich hin und her flüsterten. Das Einzige, was dabei rauskam, war, dass wir gleich einen gepfefferten Anschiss von Frau Brommer wegen Schwätzens kassierten. Und das, obwohl Luzi und ich bei unseren Beratungen dermaßen rücksichtsvoll waren, dass wir kaum unser eigenes Wort verstanden:

ICH: »… du … Schimmer, was ich jetzt machen …?«
LUZI: »Wie *was* … *machen*?«
ICH: »… Oles bescheuertem …?«
LUZI: »Wie bitte?«
ICH: »Na … Kuss.«

LUZI: »Nähkurs?«
ICH: »Was?«
LUZI: »Hä?«

Echt, in der Schule kann man sich überhaupt nicht richtig unterhalten. Das ist in der neuen genauso wie in der alten. Dabei wollen die Lehrer doch immer, dass man in ganzen Sätzen spricht.

Kaum hatte es zur Pause gegongt und Frau Brommer uns aus dem Klassenzimmer auf den Flur gescheucht, scharte sich eine ganze Traube von Leuten um mich, die mich neugierig anstarrten.

Und da ging es auch schon los: Ein Mädchen mit wunderschönen langen dunkelbraunen Locken, das sich als Dana vorstellte, wollte wissen, wer denn der coole Typ mit dem Roller gewesen wäre, dem ich eine gescheuert hätte.

Welcher coole Typ? Meinte die Pickelgesicht Ole? Aber das sagte ich nicht. Denn plötzlich wusste ich, was zu tun war. Weil was Tanja-Janja konnte, das konnte ich schon lange. Also warf ich meine Haare zurück, lief in Richtung Treppenhaus los und der Tross setzte sich zusammen mit mir in Bewegung.

»Du meinst O… Finn?«, fragte ich. »Das war mein Freund. Betonung liegt auf *war*.« Ein Glück, dass ich schwindeln kann, ohne rot zu werden.

Die anderen sahen mich mit einer Mischung aus Neugier und Bewunderung an. Bis auf Luzi. Die guckte, als wäre ihr Pausenbrot mit Knallfröschen belegt und ihr gerade im Mund explodiert. Ich warf ihr einen strengen Blick zu, der ihr sagen sollte: *Locker bleiben, ist doch nur eine klitzekleine Flunkerei!*

Tanja dagegen machte so ein verkniffenes Gesicht, als hätte sie in eine Zitrone gebissen statt in ein Käsebrot.

»Hast du gerade mit ihm Schluss gemacht oder wie?«, hakte ein anderes Mädchen mit einem winzigen Diamantenpiercing in der Nase nach. Fiona hieß sie. Das hatte ich im Unterricht schon mitbekommen. Aber alle nannten sie Fi mit einem extralangen »iii«.

Wenn man doch nur in echt mit seinem Bruder Schluss machen könnte! Das wäre schön. »Hm«, nickte ich bloß und nahm immer zwei Stufen auf einmal nach unten Richtung Schulhof. Jetzt nicht zu dick auftragen, Milly Kissinger! Und am besten auch das Thema wechseln, denn nun waren aus einer schon zwei Lügen geworden.

»Und warum?«, fragte Fiii.

Äh ... warum machte man mit jemandem Schluss? Woher sollte ich das denn wissen? Bei Ole wäre mir da natürlich sofort was eingefallen: weil er so viele Pickel hat. Aber das hätte mich nicht gut dastehen lassen, denn warum hätte ich ihn dann überhaupt genommen? Es musste cooler sein. So was wie meine Mutter sagte, wenn Frau Rauschmann zu neugierig wurde ... Ja, das war gut: »Das ist privat«, erklärte ich und machte ein ernstes Gesicht dazu. *Privat*, das klang wichtig. Und erwachsen. Und grottencool.

Ich nickte und die anderen nickten mit.

»Sag mal, wie alt war der denn?«, meldete sich Manu zu Wort. Eigentlich hieß er Manuel, das hatte ich mir gemerkt, weil er mir gleich aufgefallen war mit seinen schwarzen Strubbelhaaren und den schönen dunklen Schokoladenaugen.

Mit zittrigen Knien schlenderte ich die letzten Stufen zum Pausenhof hinunter und versuchte, mich möglichst lässig auf die Lehne einer Bank zu schwingen, wäre jedoch fast hintenübergesegelt, wenn Luzi mich nicht unauffällig am Ärmel gepackt hätte. Mein Herz pochte laut und aufgeregt. Musste ich immer so panne sein? Und mussten die mich so ausquetschen?

»Sechzehn«, sagte ich, und zur Abwechslung war es gar nicht gelogen.

»Und warum hast du ihm eine geknallt?« Fi setzte sich neben mich auf die Lehne, während Luzi sich auf meine andere Seite schob.

Ich biss in meinen Apfel, um Zeit zu gewinnen. »Weil ...« Während ich fieberhaft überlegte, verschluckte ich mich fast. »Weil ich gerade mit ihm Schluss gemacht habe, und das wollte er nicht akzeptieren. Ihr habt's ja selbst gesehen.« Ich seufzte und richtete den Blick in die Ferne.

»Wow.« Fi nickte funkelnasig.

»Wahnsinn.« Auch Dana klang schwer beeindruckt, während Luzi ein Gesicht zog, als hätte sie die nächste Knallfroschexplosion im Mund, und ein paar Krümel aushustete.

Danach wollten Dana und die Übrigen noch viele andere Dinge von mir wissen und ein bisschen was auch von Luzi. Wenn ich wegen der Sache mit dem erfundenen Exfreund nicht so verkrampft gewesen wäre, hätte es mir direkt Spaß gemacht. Ein bisschen kam ich mir nämlich vor wie ein Star bei einem Interview für eine Zeitschrift. Vor allem, weil Dana mir erzählte, dass sie beim Wölfchen mitmachte.

»Was für ein Wölfchen?«, fragte Luzi.

»Das ist unsere Schülerzeitung«, erklärte Fi. »Der Name passt doppelt gut – zum einen wegen *Wolf*ram-von-Eschenbach-Gymnasium und zum anderen weil das coolste Szenemagazin der Stadt WOLF heißt.«

»Klar, kennt man ja«, schwuppste mir schon die nächste Lüge über die Lippen, ohne dass ich auch nur den Hauch einer Ahnung hatte, und ich nahm mir vor, den Rest des Tages einfach den Mund zu halten. Wer wusste schon, was sonst noch so alles rauskommen würde?

Das mit dem Mundhalten hat natürlich nicht geklappt, aber irgendwie habe ich es doch durch den Schultag geschafft, ohne mich noch weiter in Lügen zu verstricken.

Trotzdem konnte ich abends im Bett lang nicht einschlafen. Mir ging das Gespräch mit Luzi auf dem Heimweg im Bus im Kopf herum, die sich gar nicht mehr einkriegen wollte. Und das hatte sich nicht nach Interview angefühlt, sondern nach Verhör.

Was hast du dir dabei gedacht, Milly?

Warum hast du denen so einen Mist erzählt??

Bist du von allen guten Geistern verlassen???

»Ach komm, das war doch nur eine klitzekleine Flunkerei«, hatte ich gesagt und Luzi unsicher angegrinst. Aber Luzi konnte nicht darüber lachen.

»Was sollte diese Schwachsinnsaktion mit dem Kuss überhaupt?«, wollte sie wissen.

»Das war Oles Rache, weil ich gesagt habe, er kriegt sowieso keine ab«, erklärte ich und wischte mir beim Gedanken daran angewidert mit dem Ärmel über die Wange.

Verständnislos sah sie mich an. »Er rächt sich, indem er dich *küsst*?«

»Möchtest *du* gern von deinem Bruder geküsst werden?«, fragte ich zurück.

»Ich hab keinen Bruder«, meinte Luzi.

Ich nickte. »Stimmt auch wieder. Aber glaub mir: Von seinem Bruder geküsst zu werden, ist schlimmer, als wenn er einen verkloppen würde. Und die anderen hätten dann gedacht, ich hab voll den Dachschaden.« Diesmal sah ich sie so jämmerlich an, wie ich mich fühlte.

Und da legte Luzi den Arm um meine Schulter und nickte langsam. »Da kannst du recht haben. Und was machst du, wenn das rauskommt?«

Ich starrte sie entsetzt an. »Das darf nie, niiiie, NIIIIE passieren! Schwör, dass du mich nicht verpfeifst.«

Feierlich hatte Luzi die Hand gehoben. »Ich schwöre. Wenn doch, dann soll mir eine riesige grüne Warze auf der Nase wachsen und ich soll zu blöd zum Laufen sein, so wie die Flatter.«

Oh nein, die Flatter, durchzuckte es mich jetzt im Bett. War es möglich, dass sie Ole wiedererkannt hatte? Was würden Fi und Dana und wie sie alle hießen, von mir denken, wenn die Flatter mich tatsächlich durchschaut hatte? Würden sie mich dann für eine miese, fiese Lügnerin halten?

Andererseits hatte ich die Flatter ja in der Hand: Wenn sie mir dumm kam, würde alle Welt die Wahrheit über ihren li-la-langweiligen Ti-ta-Tanja-Namen erfahren.

Dieser Gedanke beruhigte mich ein wenig. Um noch weiter runterzukommen, beschloss ich, in meiner Milly-Spezial-Technik noch neue Freundschaftsarmbändchen für Luzi und mich zu flechten, und holte mir mehrere Wollknäuel aus meiner Bastelkiste. Weil ich viel Beruhigung brauchte, wurden die Bändchen seeehr lang. Das für Luzi war lila-dunkelblau und meins grasgrün-türkis.

Irgendwann fielen mir dann doch die Wollknäuel aus der Hand und die Augen zu und der Schlaf zog seine dunkle, flauschige Decke über mich.

4. Kapitel

… in dem alles anders ist

Am zweiten Schultag war alles anders. Es wurde nicht geschrien, Ole verließ brav das Bad und mir war nach den Ereignissen vom Vortag sowieso die Lust auf Wimperntusche vergangen. Zum Bus hetzen musste ich trotzdem, weil mir irgendein Scherzkeks den Schnürsenkel aus dem linken Schuh gezogen hatte. (Mein kleiner Bruder Bruno? Unser Hund Monster? Ole? Egal.) Weil ich keine Zeit mehr zum Einfädeln hatte, wickelte ich mir den neongrünen Schnürsenkel hastig zu meinem Freundschaftsbändchen ums Handgelenk und humpelte mit seltsamem Schlurf-Schlapp-Gang zur Haltestelle, wo ich gerade noch rechtzeitig eintrudelte.

Im Bus schenkte ich Luzi ihr neues Freundschaftsbändchen und fädelte schlaftrunken meinen Schnürsenkel wieder ein. Dann legte ich den Kopf auf den von Luzi, der wiederum bereits an meiner Schulter ruhte, schloss die Augen und ließ mich so gemütlich durchrütteln, dass ich fast wieder eingeschlafen wäre.

Als ich an diesem Morgen mit Luzi über den Pausenhof trabte, ging *kein* Raunen durch die Menge und niemand beachtete uns sonderlich. Also schlenderten wir über das Schulgelände und sahen uns um. Dazu waren wir noch gar nicht richtig gekommen.

So ziemlich als Erstes entdeckten wir die Knutschmauer. So was hatte es an unserer alten Schule auch gegeben, auch wenn es keine Mauer, sondern eine Bank in einem abgelegenen Winkel gewesen war. Immer wenn wir »Kleinen« uns dort herumgetrieben hatten, hatten die Pärchen »Knutschtouristen abhauen!« geschrien und uns schleunigst wieder verscheucht. Deshalb machten Luzi und ich sofort auf der Turnschuhsohle kehrt, als wir die Lage peilten, und ich gab ein Kotzgeräusch von mir. Morgens um kurz vor acht auf fast nüchternen Magen anderen beim Küssen zusehen, da kann einem schon mal schlecht werden.

Luzi und ich sind nämlich allergisch gegen Jungs. Das ist so ähnlich wie Heuschnupfen, nur muss man statt zu niesen gähnen, wenn sie ständig doofe Witze reißen. Statt sich die juckenden Augen zu reiben, muss man sie verdrehen. Und manchmal sind sie so peinlich (die Jungs, nicht die Augen), dass man sich direkt kratzen muss, als hätte man schlimmen Ausschlag. Jungs sind einfach nervig. Die essen Radiergummis, machen Weitspucken, Wettfurzen, und wenn sie den Mund aufmachen, kommt meistens dummes Zeug raus. Mädchen ohne Jungs-Allergie reagieren darauf mit Gekicher, was beinahe noch nerviger ist als die Jungs selbst.

Apropos Jungs: Die waren an der neuen Schule genauso doof drauf wie an der alten. Das konnte man gerade wieder beobachten, als sich bei den Tischtennisplatten, wo eine Menge Schüler herumstanden, ein Junge beim Rundlauf so richtig langlegte. Alle lachten und grölten, als wäre sonst was passiert. Überhaupt zogen die Jungs dort eine Riesenshow ab. Sie rannten wie verrückt, drängelten sich von der Platte fort oder nahmen sich gegenseitig die Schläger weg.

Luzi und ich tauschten einen Blick aus und wollten uns gerade in Richtung Schulgebäude absetzen, als wir Fi und Dana mit ein paar anderen Mädchen unter den Zuschauern entdeckten. Fi winkte uns zu.

»Hi«, sagte sie.

»Hi«, sagte Luzi.

»Hi«, sagte ich.

Pause.

Fi sah an mir rauf und runter. Dann zupfte sie an dem Bändel an meiner Hand.

Oh nein! Wie oberpeinlich. Vor lauter Müdigkeit hatte ich das Freundschaftsarmbändchen durch meinen Schuh gefädelt, während der neongrüne Schnürsenkel mein Handgelenk zierte!

Fi grinste. »Milly, du bist echt …«

Panne!, dachte ich.

»Hammer!«, rief sie und lachte. »Das ist voll cool mit dem Schuhbändel!«

Luzi stieß mich verstohlen mit dem Ellbogen an und wir lachten mit.

Neben uns brandete Jubel auf. Es waren nur noch vier Jungs beim Rundlauf dabei. Einer davon war Manu, der trotz seiner langen, etwas schlaksigen Beine ein guter Läufer war und ins Finale kam. Obwohl er von den Umstehenden kräftig angefeuert wurde, hatte er mit dem dicken Deutschbuch, mit dem er spielte, keine Chance gegen den anderen Jungen (Konnte es sein, dass er Leo oder Leon oder Liam hieß? Auf jeden Fall irgendwas mit L.). L war zwar mit seinem langen, schrägen Pony, durch den er durchblinzeln musste, in der Sicht beeinträchtigt, aber dafür hatte er einen richtig schicken Schläger, mit dem er gnadenlos schnitt und schmetterte. Dazwischen hopste er hin und her, als müsse er seine Muskeln lockern, und ließ den Kopf kreisen.

»Der wird bestimmt mal Sportlehrer. Oder Profiboxer«, sagte ich, »das sieht man jetzt schon.«

Die Jungs eröffneten eine neue Runde, und wir Mädchen vertrieben uns die Zeit damit, anhand ihrer Spielweise zu erraten, was sie später mal werden könnten. Einer wurde Metzger, einer mit besonders ausladenden Bewegungen Dirigent, einer Bassist in einer Heavy-Metal-Band, einer Balletttänzer und einer, der nach einem Ball hechtete, Stuntman oder wahlweise Rollmops. So alberten wir herum, bis der Gong uns zur ersten Stunde rief.

Im Gegensatz zum Vortag bekam ich heute sogar richtig was vom Unterricht mit. In Mathe waren sie hier nicht so weit wie in unserer alten Schule. Das war gut. Das Beste war aber, dass ich bis zur letzten Stunde keine einzige Lüge erzählen musste.

Als ich nach Schulschluss allerdings meinen Rucksack schulterte, zupfte mich Dana am Ärmel. »Milly, hast du mal 'ne Minute?«, fragte sie. »Können wir uns hinter der Turnhalle treffen? Allein?«

Mir wurde heiß und kalt und dann wieder heiß. Was wollte sie von mir? Und warum diese Heimlichtuerei? Mist, Mist, Riesenmist! Es gab nur *eine* Erklärung: Sie hatte das mit Ole rausgekriegt und wollte mich zur Rede stellen. Aber warum hatte sie mir dann in der ersten Pause so freundlich zugelächelt? Alles nur Show? Jetzt fiel mir wieder ein, dass sie sich in der zweiten Pause länger mit Tanja unterhalten hatte. Oder vielmehr, dass die Flatter in einer Tour auf sie eingeredet und dazu wild mit den Händen gestikuliert hatte. Hatten sie dabei in meine Richtung gesehen?

All das ging mir durch den Kopf, während ich Dana hinter die Turnhalle folgte und fieberhaft nach einer Ausrede suchte.

»Du, Dana«, sagte ich zu ihrem Rücken, »hör mal, wenn es um diese Sache mit meinem ... Exfreund geht ...«

Aber Dana ließ mich nicht ausreden. Und das war gut so. Denn so kam es, dass alles anders kam:

Sie nickte. »Genau darüber wollte ich mit dir reden!«

»Ähm, also, das ist echt dumm gelau–«

»Du kennst dich ja so super mit Jungs aus«, fiel sie mir ins Wort. »Und mit der Liebe.«

»Na ja, also, um ehrlich zu sein ... geht so.« Ich guckte auf meine bemalten Leinenschuhe runter, als gäbe es da etwas unheimlich Interessantes zu entdecken.

Dana grinste mich verschwörerisch an. »Jetzt tu nicht so bescheiden. Wir haben es schließlich alle gesehen, Milly. Weißt du«, sie senkte die Stimme und rückte näher an mich ran, »es gibt da so einen Jungen, den ich echt gut finde.«

Ich: Schweigen. Schlucken. Luft rauslassen.

Dana: Kichern. Noch mal kichern. Luft holen.

»Er heißt Jonas und ist in der Achten.«

»In der *Achten*?«, entfuhr es mir, aber sie sah mich nur an und lachte. »Hör mal, dein Ex war schließlich sechzehn! Du bist echt witzig, Milly. Ich mag deinen Humor.«

Ups. Ich brachte mit Mühe und Not ein Grinsen zustande.

»Jonas ist einfach so süß«, redete sie schon weiter. »Und ein superguter Wasserhandballspieler. Letztes Jahr hat er mit seiner Mannschaft den Stadtpokal geholt und … na, egal, jedenfalls wollte ich dich fragen, ob du einen Tipp für mich hast, wie ich ihn auf mich aufmerksam machen könnte, du weißt schon: ihn kennenlernen und so.« Sie zwirbelte eine Strähne ihrer unfassbar langen Haare und sah mich erwartungsvoll an.

»Geh hin, gib ihm die Hand und sag, wie du heißt.«

»Ha, ha.«

Nicht? Ich zog die Nase kraus. Mal überlegen. »Schieß ihm einen Tischtennisball gegen die Stirn.«

Sie verdrehte die Augen. »Habe ich gerade gesagt, dass ich deinen Humor mag?«

Auch nicht? Was sollte ich denn jetzt machen? Mir fiel nichts ein. Zumindest nichts, was ihr gefiel. Apropos *einfallen.* »Pass auf, ich … ich lass mir was für dich einfallen«, versprach ich. »Weil so was muss … äh … gut durchdacht sein. Und dann melde ich mich bei dir, okay?«

Das schien sie zu überzeugen. Sie nickte. »Sehr okay.«

Damit tauschten wir Nummern aus und ich war gerettet. Fürs Erste.

»Danke, du bist ein Schatz«, sagte sie noch und schmatzte links und rechts ein Küsschen an meinen Wangen vorbei in die Luft. »Ich find's voll cool, dass endlich jemand in unserer Klasse ist, der sich mit so was auskennt. Viele sind noch voll die Kinder. Aber du hast Erfahrung.«

Ich spürte, wie mir eine heiße Woge ins Gesicht schoss. Denn wenn ich eines nicht hatte, dann Erfahrung. Außer vielleicht Erfahrung im Lügen. Sogar im Lügen-ohne-rot-zu-werden. Wenn ich allerdings auch noch dafür gelobt wurde, dann wurde sogar *ich* rot. So rot wie Luzis Briefkasten.

»Was wollte sie denn von dir?«, fragte Luzi sofort, als wir endlich zu zweit im Bus nach Hause saßen.

»Meinen Rat.«

»Hä?«

»In …«, ich senkte die Stimme, »Liebesdingen.« Allein schon das Wort brachte ich kaum über die Lippen.

»Von dir?« Luzi sah mich dermaßen fassungslos an, dass ich beleidigt die Stirn runzelte, bis sie mich mit dem Ellbogen anstieß und ich lachen musste.

»Sie wollte wissen, wie sie einen Jungen auf sich aufmerksam machen kann«, erklärte ich. »Hast du vielleicht eine Idee?«

Luzi überlegte und dann legte sie los. Und plötzlich war mein Hirn auch nicht mehr ganz so leer, und erstaunlicherweise merkten wir, wie viel Spaß das machte. Wir kicherten beide wie blöd bei der Vorstellung, dass Dana einer Synchronschwimm-Mannschaft beitreten sollte, um Jonas dann vor dem Wasserballtraining mit einer Show zu überraschen und aus einer schwimmenden Torte zu springen. Aber am Schluss sprang bei unseren Albereien sogar eine Idee heraus, die uns beiden gefiel und auch machbar war. Nämlich, dass Dana den Typen in ihrer Funktion als Mitglied der Schülerzeitung ansprechen und um ein Interview fürs Wölfchen bitten sollte. Für einen Artikel, in dem es um besondere Schüler mit besonderen Hobbys ging.

Und genau das schrieb ich Dana auf meinem Handy, als ich mich nach dem Mittagessen in mein Zimmer verzog. Mama hatte mal wieder vergessen einzukaufen, deswegen gab es nur Knäckebrot und abgelaufenes Joghurt. Ole und Papa aßen immer in der Stadt und Bruno bei der Tagesmutter, so gesehen war es kein Drama, aber Mama tat, als ob die Welt untergehen würde. Sie war wirklich merkwürdig in letzter Zeit. Mal schien sie komplett zu vergessen, dass ich existierte, dann wieder rastete sie aus, wenn sie mich mit einem trockenen Brot in der Hand sah, und kehrte Supermom heraus. Egal, ihr schlechtes Gewissen fand ich eigentlich ganz okay, denn so staubte ich eine Einladung zu Luigi, unserem Lieblingsitaliener, ab, zu dem sie uns abends alle ausführen wollte. Und ich verlor keine unnötige Zeit beim Mittagessen.

Dana war begeistert von meiner Idee, sowohl von

der Anmache als auch von dem Artikel. »Danke, danke, danke! Dich könnte ich auch interviewen!!!«, lautete die Nachricht auf meinem Handy.

Ich antwortete nur mit: *???*

Ich meine, ich bin ja wohl megalangweilig. Meine Hobbys sind nicht so abgefahren wie Wasserball oder Synchronschwimmen, sondern Eisessen, Lesen, Schwimmen, Brüderärgern und – wie eben gerade – auf dem Bett rumliegen und SMS schreiben. Wer will so was schon wissen.

»Du bist auch ganz besonders«, schrieb Dana. »Die anderen nennen dich übrigens *die Schlussmacherin.*«

Ups. Da war ich wohl die erste Schlussmacherin der Welt, die noch nie einen Freund gehabt hatte. Im ersten Moment wurde mir ein bisschen flau, aber dann musste ich grinsen.

»Echt jetzt?«, tippte ich in mein Handy.

»Echt jetzt«, kam es prompt von ihr zurück. »Bin froh, dass du da bist, Milly!«

Bin froh, dass du NICHT da bist, Dana, dachte ich, weil in diesem Moment meine Tür aufging und Ole mir mit den Worten »Für dich, Panne!« ein weites weißes T-Shirt ins Gesicht pfefferte, das ihm zu klein geworden war. Wie schön, dass *er* wieder da war …

Das Ding roch nach Ole und Papas Rasierwasser. Ich schnappte es und feuerte es zurück, woraufhin er zu mir aufs Bett sprang und mich auf seine grobe Ole-Art durchkitzelte, bis ich immer lauter schrie:

»Ich ergebe mich! Ich ergebe mi-hi-hich. Wirkli-hi-hi-hich!«

»Du, Ole«, fragte ich, als ich wieder Luft bekam, »wie macht man eigentlich einen Jungen auf sich aufmerksam?« Wenn mein erster Vorschlag nicht klappte, konnte es schließlich nicht schaden, noch einen zweiten auf Lager zu haben.

»Mit T-Shirts bewerfen?«, schlug er vor.

Ich verdrehte die Augen. Aber tief in mir drin verdrehte ich auch die Augen über meinen peinlichen Vorschlag mit dem Tischtennisball, an den ich mich gerade stark erinnert fühlte. Anscheinend waren wir uns ähnlicher, als ich gedacht hatte. Und das machte mir ein wenig Angst. Vielleicht wurde es Zeit, dass ich mich wirklich änderte? Nicht nur äußerlich. Aber erst mal musste ich Ole seine Kitzelattacke heimzahlen.

Als er aufstand, schnüffelte ich an dem T-Shirt und hustete übertrieben. »Vielleicht wäschst du das Zeug erst mal, bevor du es mir so großzügig schenkst. Das riecht nach Primat.« So nenne ich ihn immer, wenn er mich ärgert, seit wir letztes Jahr durchgenommen haben, dass die höheren Säugetiere, zu denen auch die Affenarten zählen, so genannt werden. Ich röchelte und tat, als würde ich in Ohnmacht fallen, woraufhin sich die Tür mit einem »Mann, bist du unlustig, Milly« schloss.

Ich grinste nur breit. Er hatte ja keine Ahnung,

mit wem er es zu tun hatte: mit dem Mädchen mit dem coolen Humor. Dem Mädchen, das gerade dabei war, sich mit einem der interessantesten Mädchen aus der neuen Klasse anzufreunden. Mit *der Schlussmacherin!* Dem Mädchen, das nur den klitzekleinen Fehler hatte, dass es nicht ganz war, was es zu sein behauptete. Aber dem konnte ich ja abhelfen. Zumindest ein bisschen. Und der erste Schritt war, mir den WOLF von meinem Schreibtisch zu schnappen, den ich auf dem Heimweg erstanden hatte, um endlich im Bilde über das »coolste Szenemagazin der Stadt« zu sein, von dem Fi gesprochen hatte. Von den glänzenden Seiten strahlten mich schöne Menschen in düsteren Clubs an. Sie hielten Sektgläser und Flaschen mit bunten Flüssigkeiten in die Kamera, tanzten wild, schnitten witzige Grimassen und schienen jede Menge Spaß zu haben. So wollte ich auch sein – in Klein.

In dieser Nacht träumte ich von mir auf dem Titelbild einer Zeitschrift. Keine Ahnung, ob es nun der WOLF war oder nur unsere Schülerzeitung, das Wölfchen. Jedenfalls war es eine ganzseitige Aufnahme, auf der ich mit superlangen superschwarzen Wimpern umwerfend in die Kamera lächelte, während Luzi mir lieb über die Schulter winkte. Über dem Foto stand: *Milly Kissinger – a star is born.* Dann hopste ich auf einmal aus dem Foto raus und schritt in einem langen, hautengen Glitzerkleid inmitten eines Blitzlichtgewitters über einen roten Teppich. Ohrenbetäubender Jubel brandete auf. Irgendjemand drückte mir ein Mikrofon in die Hand und ich sang: »Eine neue Schule ist wie ein neues Leben, schalalalalalaaa!«

5. Kapitel

… in dem ich noch mehr SMSen bekomme, als ich Sommersprossen habe

Tags darauf bekam ich eine SMS von Sina aus meiner Klasse. Anscheinend hatte Dana meine Nummer weitergegeben. Am übernächsten Tag folgten Nachrichten von zwei weiteren Mädchen, am dritten waren es drei und am vierten vier. Es war wie in dem Adventslied mit den Kerzen: *erst eins, dann zwei, dann drei, dann vier.* Nur dass am Schluss nicht das Christkind vor der Tür stand, sondern das Wochenende und pure Panik, denn nun ging es erst so richtig los und mein Handy fiepste und piepste im Zehn-Minuten-Takt. Ihr fragt euch sicher, was die alle von mir wollten. Meinen Rat!

Hi Milly! Wie sage ich ihm am besten, dass es aus ist?
Eine saftige Ohrfeige beim nächsten Kussversuch, ist ja klar.

Was soll ich machen, wenn er mehr von mir will als küssen?
Uff! Das wollte ich mir gar nicht vorstellen. Wie wäre es ebenfalls mit einer Ohrfeige? Oder besser gleich zwei.

Wie soll ich ihm meine Liebe gestehen?
Gar nicht. Liebe ist voll peinlich. Immer wenn du über so was nachdenkst, dann gib dir lieber ganz schnell eine Ohrfeige.

Wie kann ich meinen Traumjungen auf mich aufmerksam machen?
Mit einer Ohrfeige vielleicht?

Da stand ich nun – Milly, die Mogelpackung. Milly, das Mädchen mit der Jungsallergie. Milly, die kurz davor war, auch eine Handyallergie zu entwickeln.

In meiner Verzweiflung rief ich Luzi an und »Krisensitzung!« ins Telefon. Und wie sich das für beste Freundinnen gehört, klingelte Luzi keine fünf Minuten später bei mir. Sie meinte, eine Ohrfeige wäre nicht die Lösung für *alle* Probleme und Fragen rund um die Liebe. Aber woher wollte sie das denn wissen? Sie kannte sich doch genauso wenig damit aus wie ich.

Doch dann hatte Luzi mal wieder einen guten Vorschlag. Nämlich, dass wir recherchieren mussten. Weil wenn man sich mit was nicht auskennt, kann man ja im Internet oder in Büchern nachschauen – oder in unserem Fall im Zeitschriftenladen. Wir zogen gleich los und deckten uns mit Mädchenzeitschriften ein. Wir wohnen zwar auf dem Dorf, aber wenigstens gibt es einen Schreibwarenladen, eine Eisdiele, eine Tankstelle, einen Frisör und die Bäckerei Blume. Und dann haben wir natürlich noch jede Menge Wälder und Felder und Kuhweiden und Pferdekoppeln und zwei Teiche mit großen uralten Weidenbäumen drumherum. Einer davon ist vor zwei Jahren halb umgekippt und hängt jetzt so knapp über dem Weiher, dass man darauf sitzen und die Füße ins Wasser baumeln lassen kann. Das ist unser Lieblingsplatz. Und genau da gingen Luzi und ich mit unserer Ausbeute hin.

Das Erste, was wir lernten, war, dass Mädchen nicht Mädchen und Jungs nicht Jungs sind, sondern *Girls* und *Boys*. Wir blätterten die Zeitschriften von vorne bis hinten durch, doch Antworten auf unsere Fragen fanden wir nicht. Nicht mal in dem Teil, in dem irgend so ein Ärzteteam angeblich alle Fragen rund um die *Love*, den *Body* und die *Soul* beantwortet.

Aber eines lernte ich immerhin: Man muss immer mit jemandem reden. Mit dem Boy seiner Träume, mit dem Arzt seines Vertrauens, mit seiner »ABF« (also der allerbesten Freundin) oder den »E«s, aber nur, wenn es »ABE«s (allerbeste Eltern) waren, zu denen man »VVV« (voll viel Vertrauen) hatte. Wie ihr seht, muss man nicht nur Englisch sprechen, wenn man erwachsen wird und was über die Liebe erfahren will, sondern auch Abkürzisch.

Wirklich weitergebracht hat uns das alles jedenfalls nicht. Nach einer Weile sahen wir uns an und legten die Zeitschriften weg. Und dann überlegten wir uns doch selbst Ratschläge für all unsere neuen Mitschülerinnen. Und zwar ganz ohne Ohrfeigen, aber dafür mit Reden, Reden und nochmals Reden. Luzi war auch total dafür und ich jedenfalls nicht dagegen. Eigentlich lief es immer auf dasselbe hinaus: *Finde heraus, was du wirklich willst, und sag es auch. Trau dich was.*

»Liebe ist nichts für Feiglinge«, diktierte mir Luzi einmal in mein Handy und machte ein komisches, feierliches Gesicht dazu, während ich mich schlapplachte. Ich musste so kichern, dass ich kaum tippen konnte und statt »Milly K., Kussexpertin« aus Versehen »Kusssexpertin« eingab. (Das habe ich übrigens bei meinen Hobbys vergessen: mich vertippen.) Zum Glück bemerkte es Luzi noch in letzter Sekunde, und ich löschte ganz schnell das eine »s« wieder und war heilfroh, dass ich nicht auch noch zur selbst ernannten Sexpertin geworden war.

Plötzlich kannten mich total viele in der Schule. Und es wurden immer mehr. Wenn ich mit Luzi durch die Gänge zu unserem Klassenzimmer lief, spürte ich neugierige Blicke. Manchmal zeigten sogar ein paar Fünftklässler mit dem Finger auf mich und dann kam ich mir ein bisschen vor wie in meinem Traum auf dem roten Teppich.

Meine Handynummer und mein Ruf als Expertin in Sachen Liebe machten in der halben Unterstufe die Runde. Sogar von zwei aus der Siebten bekam ich Nachrichten, weil sie einen Rat von mir brauchten. Luzi und ich hatten also ein neues Hobby. Zum Glück hatte Luzi voll die guten Ideen. Sie ist eben ein Naturtalent, meine Freundin! Während die anderen am Baggersee und beim Tennistraining waren oder Hausaufgaben machten, tippten wir auf meinem Handy, bis uns die Köpfe rauchten und die Finger kribbelten. Na ja, um ehrlich zu sein, tippte inzwischen meistens Luzi und ich hörte Musik, bohrte unauffällig in der Nase oder zählte meine Sommersprossen – achtundfünzig übrigens.

Luzi schien richtig Spaß daran zu haben, aber ich fragte mich, was die alle mit der *Love* hatten. Liebe war doch doof und albern und panne. Und dieses ganze Gelaber darüber erst recht. Wir hatten nicht mal mehr Zeit zum Rollerfahren oder die Pferde auf der Koppel besuchen.

Gerade in diesem Moment stieß mein Handy erneut einen heiseren Geierschrei – mein neuester Klingelton – aus. Schon wieder eine Nachricht. Die neunzehnte heute.

»Von einer Svea aus der 5a«, sagte Luzi und las vor: *»Wie küsst man richtig?«* Sie sah mich an. »Denkst du, die meint so mit Zunge?«

»Wiiieuuk«, quietschte die rostige Hollywoodschaukel auf unserer Terrasse, wo wir uns breitgemacht hatten.

»Wiiieuuk«, quietschte auch ich. »Die ist doch erst in der Fünften! Das kann doch nicht ihr Ernst sein?«

»Warum nicht?«, meinte Luzi und guckte mich seltsam an.

Ich fuhr meine Zunge aus, die sehr lang ist, und schielte darauf. »Tscheig mal deine«, nuschelte ich, was Luzi artig tat. Ihre war kürzer und schön rosa.

»Den Mund volle Pulle auf den anderen Mund pressen und hinterher vielleicht eine klitzekleine Ohrfeige?«, schlug ich vor.

Wir lachten und ich schubste uns neu an.

»Ein Kuss ist, wenn zwei Lippenlappen heftig aufeinanderklappen und dabei ein Geräusch entsteht, wie wenn 'ne Kuh durch Kacke geht«, kam es auf einmal von oben.

Luzi und ich schraken zusammen. Hoch oben über unseren Köpfen thronte Ole und fand sich anscheinend ganz toll, wie er so auf dem Fensterbrett im ersten Stock hockte und die Beine nach draußen aufs Dach baumeln ließ.

Saß der da schon länger? Hatte er unseren Zungenvergleich beobachtet? Mir wurde heiß im Gesicht und Luzi nahm ebenfalls die Farbe einer überreifen Tomate an.

Ich reckte drohend die Faust in seine Richtung und bedauerte einmal mehr, dass nicht wirklich ein hammerharter Briefkasten daran hing.

»Belauschen tut man nicht«, schrie ich zu ihm hinauf. »Und außerdem hat Mama verboten, dass wir uns auf die Fensterbretter setzen.«

Ole grinste nur. »Kannst du Mama hier irgendwo entdecken?«, meinte er. »Siehst du, ich auch nicht.«

Ich sagte nichts, aber er hatte recht. Von Mama fehlte jede Spur. Deshalb hatten Luzi und ich uns auch jede vier Tüten Eis aus dem Gefrierschrank gemopst und dann noch zwei Packungen Chips, von denen Monster, der um unsere Füße strich und bettelte, allein eine halbe aufgefuttert hatte.

Wenn ich so viel übers Küssen nachgrübelte, wurde ich nämlich immer hungrig, weil ich ständig daran denken musste, wofür man seinen Mund und die Zunge ja eigentlich hat. Zum Eisessen eben. Zum blöd Daherlabern. Und natürlich zum Zunge rausstrecken, wenn jemand doof ist. Und weil Ole extrem doof war, streckte ich ihm extrem weit die Zunge raus und machte laut: »Bläääh!«

Luzi lachte. Sie kiekst dabei immer so lustig, als würde sie keine Luft mehr kriegen. Ich hab mal einen Film über Delfine gesehen, da haben die auch so ähnliche Geräusche gemacht.

»Oh Mann, Milly«, japste sie. »Du und Ole, ihr habt von Liebe und Küssen ungefähr so viel Ahnung wie ein Elefant vom Gitarrespielen. Nein, wie ein Regenwurm vom Sonnenbaden. Oder warte, wie ein Wal vom Bergsteigen!«

»Aber du wohl schon?«, rief ich beleidigt, bevor ihr noch blödere Vergleiche einfielen.

Und da hörte sie auf zu lachen. Einen Moment lang fand ich das ein bisschen seltsam, aber dann musste ich wieder losprusten und Luzi kicherte mit, während meine Zehen kribbelten wie verrückt. Das habe ich manchmal, wenn irgendwas Doofes passiert. Aber vielleicht, dachte ich, lag es auch nur daran, dass ein paar Chips neben meine Füße gefallen waren und Monster die gerade aufschlabberte. Also die Chips, nicht die Füße.

Als Luzi sich zu mir beugte, um mir ein Geheimnis ins Ohr zu flüstern, stellte sich allerdings heraus, dass meine Zehen sich nicht geirrt hatten: Es war tatsächlich was passiert. Luzi hatte sich im Urlaub auf dem Campingplatz mit irgendeinem Jan angefreundet. Und der hatte sie zum Abschied geküsst. *Geküsst! Meine Luzi!*

Ich starrte sie mit derart weit aufgerissenen Augen

an, dass sie den Kopf schüttelte und hastig erklärte: »Nur so ein ganz klitzekleines Bussi. – Auf die Backe.«

Mein Hals wurde eng. »Und? Wie war das so?«, fragte ich mit heiserer Stimme und ließ sie dabei nicht aus den Augen.

»Hm. Irgendwie … merkwürdig.« Sie zuckte mit den Schultern.

Ich atmete auf. *Merkwürdig* war wie *komisch*. Auf jeden Fall *nicht gut*. Und das wiederum war sehr, sehr gut. Dann hatte Luzi nach wie vor eine Jungsallergie. Genau wie ich.

Nachdem Luzi gegangen war, war mir ein wenig seltsam im Bauch. Ob vom vielen Eis und den Chips oder vom Gedanken an Zungenküsserei und Backenbussis, konnte ich nicht sagen. Aber diese Sache, dass ich von Liebe und Küssen keine Ahnung hatte und Luzi eben schon ein klitzekleines bisschen, ließ mir keine Ruhe. Ich schnappte mir Papas Laptop und verzog mich damit in mein Zimmer.

Im Internet fand ich heraus, dass Küssen angeblich die schönste Freizeitbeschäftigung der Welt und eine wunderbare Art und Weise ist, seine Gefühle zu zeigen.

(Na ja!, dachte ich.)

Ursprünglich stammt es vermutlich vom Saugen an der Mutterbrust oder es ist die menschliche Variante des tierischen Beschnüffelns und Ableckens.

(Igittigittigitt!, dachte ich.)

Siebenundneunzig Prozent der Frauen und dreißig Prozent der Männer küssen mit geschlossenen Augen.

(Wahrscheinlich, um all den Sabber und die Zunge nicht sehen zu müssen, dachte ich.)

Ein Standardkuss dauert zwölf Sekunden und es werden dabei neunundzwanzig Gesichtsmuskeln bewegt. Beim Küssen werden Glückshormone ausgeschüttet, aber auch Bakterien übertragen, was durch die Bildung von Abwehrstoffen das Immunsystem kräftigt.

(Also wenn das Liebe ist, dann kann ich gerne drauf verzichten, dachte ich.)

Und: Vielküsser leben im Schnitt fünf Jahre länger.

Daraufhin dachte ich gar nichts mehr, sondern fühlte mich schlagartig schwach. Als Nullküsser würde ich vielleicht sogar noch was abgezogen bekommen von meiner Lebenszeit. Ob ich meinen zwölften Geburtstag am ersten November überhaupt noch erleben würde?

Als Mama zum Abendessen rief, wankte ich mit wackelweichen Knien die Treppe hinunter, und als fast im selben Moment Paps zur Haustür hereinkam, wollte ich ihm zum ersten Mal keinen Begrüßungskuss geben. Dafür guckte ich umso genauer hin, als er Mama einen gab, und nicht wie sonst immer schnell weg. Aber eine Zunge sah ich dabei nicht. Die beiden drückten einfach ihre Münder aufeinander, produzierten ein kleines Schmatzgeräusch und gut. Hatte ich mir doch gleich gedacht, dass das mit der Zunge keiner will.

Abends im Bett hatte ich schon eine neue Zeitschrift in der Hand, um noch ein bisschen mehr übers Küssen zu erfahren, aber dann überlegte ich es mir anders und blätterte bei der Liebesberatung doch schnell weiter. Ich kannte mich – sonst würde ich wieder die ganze Nacht davon träumen, und das konnte ja nur ein Albtraum werden. Stattdessen blieb ich an einem Artikel über tolle Outfits hängen: *Das Styling-Geheimnis beliebter Girls – cooler, älter, heißer mit diesen Outfit-Tricks!*

Hm, im Tricksen war ich ja gut. Und cool und beliebt durch Klamotten klang auch hervorragend. Vor allem, weil mir aufgefallen war, dass die Flatter seit ein paar Tagen ständig neue Sachen anhatte und ihre Röcke immer kürzer und die Oberteile immer enger wurden. Sie schminkte sich jetzt auch doller. Ihre Flügelbewegungen wurden von Tag zu Tag hektischer, ihre Tippelschritte kleiner. Es stand zu befürchten, dass sie komplett verlernte, normal zu gehen.

Sie hatte sogar versucht, mich bei den anderen schlechtzumachen. Erst tags zuvor hatte sie Fi zugeflüstert: »Als ich Milly vor Kurzem zufällig getroffen habe, steckte sie gerade mit der Hand in einem fremden Briefkasten fest und kam nicht mehr raus.« Aber Fi hatte sie nur angeguckt, als hätte sie selbst nicht mehr alle Briefe im Kasten. Die Geschichte war ja auch so blöd, dass sie keiner glaubte, der es nicht selbst gesehen hatte.

Später fingen Luzi und ich die Flatter im Sportunterricht auf der Aschenbahn ab. Tanja hat eine völlig bescheuerte Lauftechnik und wirft die Füße x-beinig nach außen. Allerdings ist sie mit dieser Technik ärgerlich schnell, und Luzi und ich mussten alles geben, um zu ihr aufzuschließen. Als wir sie endlich eingeholt hatten, nahmen wir sie in die Mitte.

»Pass mal auf, Janja, Tanja oder wie du heißt«, keuchte ich.

»Vielleicht ja auch Gertrude oder Brunhilde?«, warf Luzi ein.

Ich musste grinsen. »Wenn du willst, dass dein kleines Geheimnis nicht auffliegt, dann erzähl nicht so einen Müll über mich, ist das klar?«

Tanja warf die Beine noch höher. »Das ist kein Müll!«

»Tja«, meinte ich, »das wissen wohl nur wir drei. Genau wie das mit deinem Namen. Aber das kann sich ganz schnell ändern.«

»Und jetzt mach einen Abflug«, setzte Luzi noch hinzu. »Weil den Kopf in die Aschenbahn gesteckt zu kriegen, tut bestimmt mehr weh als in den Sandkasten.«

Diesmal hatten Luzi und ich zwar gegen die Flatter gewonnen, aber mir war klar, dass man sie im Auge behalten musste, damit sie nicht ungestört an meinem Stuhl sägte.

Insofern war es gut, auch stylingmäßig gegen sie anzustinken, beschloss ich und nahm die Outfit-Tipps der Mädchenzeitschrift genauestens unter die Lupe.

Eine Jeans-Hotpants und eine Leggings für coole Tage drunter, schlugen die da vor.

Hatte ich schon.

Fingernägel grasgrün lackieren.

Hatte ich auch.

Dann kam was wirklich Gutes: ein T-Shirt mit Stoffmalfarbe selbst gestalten.

Stoffmalfarbe hatte ich nicht, aber einen Kuli. Und Oles großes olles Shirt. Ich krabbelte noch mal aus dem Bett, zog es aus dem Schrank und legte los. Als Erstes schnitt ich das Ding im Zickzack ab, damit es mir nur noch bis zur Taille ging, dann schrieb ich »MILLY« in Großschrift mit so fetten Buchstaben, wie Sprayer sie machen, quer über die Brust. Und darunter: »A STAR IS BORN.«

In dieser Nacht träumte ich von einem riesigen Wal, der sich mit Wanderstock und Tirolerhut bewaffnet einen noch viel riesigeren Berg hinaufschleppte, während ein Elefant dazu mit dem Rüssel

Gitarre spielte. Dann kam ein braun gebrannter Regenwurm in einer halben Hotpants und Einbeinleggings des Weges und versuchte, dem Elefanten einen Kuss zu geben. Doch als er ihm die Zunge in den Rüssel stecken wollte, saugte ihn der Elefant aus Versehen ein und *schlurp!* weg war der Wurm. Das war so bescheuert, dass ich davon aufwachte und nicht mehr einschlafen konnte. Ich lag dumm rum, bedankte mich bei Luzi für ihren dämlichen Wal-Elefanten-Regenwurm-Vergleich, mit dem sie mir diesen noch viel dämlicheren Traum beschert hatte, und fragte mich, ob der Rüssel überhaupt der Mund vom Elefanten ist oder nicht doch eher die Nase. Und danach fragte ich mich, warum ich eigentlich immer so einen gigantischen Elefantenmist träume.

6. Kapitel

… in dem mir klar wird: Ein Star zu werden, ist nicht schwer, es zu bleiben aber sehr!

Am nächsten Tag sah ich wirklich cool aus – und älter auch, weil ich dunkle Augenringe hatte. Trotzdem fühlte ich mich prächtig, denn ich hatte es geschafft. Ich war ganz oben! Nicht nur im obersten Stockwerk der Schule, nicht nur auf der Lehne von der VIP-Bank im Pausenhof, sondern auch auf der Beliebtheitsskala. Denn ich war im Wölfchen.

Dana hatte nämlich nicht nur Jonas aus der Achten interviewt, sondern tatsächlich auch mich, aber dass der Artikel wirklich abgedruckt werden würde, das glaubte ich erst, als ich ihn schwarz auf weiß sah.

Und das war heute der Fall! In dem Artikel wurden die neuen Gesichter an der Schule vorgestellt, unter anderem das Fischstäbchen, eine Sportlehrerin und Luzi. Aber der Abschnitt über mich war mit Abstand am längsten und mein Foto war fantastisch. Inspiriert von den *Nachtleben*-Seiten mit all den coolen Leuten im WOLF hatte ich mir eine tolle Pose für die Schülerzeitung ausgedacht und mich im Sprung knipsen lassen, mit hochgerissenen Armen. Die Pose hatte zudem den Vorteil, dass man vor lauter fliegendem Wuschelhaar-Vorhang kaum mein Gesicht sah. Denn während des Interviews hatte ich so viel schwindeln und dermaßen aufpassen müssen, mich nicht zu verplappern (sogar die einfachsten Fragen wie zum Beispiel *Hast du Geschwister, Milly?* wurden auf einmal zu fiesen Fangfragen), dass meine Gesichtsmuskeln ganz verkrampft waren und mein Lächeln bestimmt wie eine Grimasse aussah. Manchmal wünschte ich, ich könnte an der neuen Schule noch mal ganz von vorne anfangen. Quasi ein Neustart vom Neustart. Ganz ohne Flunkereien. Allerdings fragt sich, ob mir dann so viel Platz in der Schülerzeitung eingeräumt worden wäre. Und ob ich dann auch so beliebt wäre.

Und ich kann euch sagen, Beliebt- und Berühmtsein ist ganz schön schön – wenn auch manchmal ganz schön anstrengend. Während Luzi und ich früher die Pausen oft allein verbracht hatten, hingen wir jetzt immer in Grüppchen mit den anderen zusammen. Und unsere Gruppe war meistens die größte und es wurde am lautesten gelacht. Das war ein gutes Gefühl. Mein neues Leben gefiel mir. Nur dass die anderen ständig wissen wollten, ob ich schon einen neuen Freund hatte, nervte ein bisschen. Doch ich erklärte ihnen, dass ich dafür noch nicht bereit sei. Denn das mit Finn wäre sehr intensiv gewesen und wir hätten mehr oder minder schon zusammengewohnt. Das klang sehr erwachsen und war zur Abwechslung nicht mal gelogen. Das Gerede über die Liebe und das Küssen nervte natürlich auch. Ich sah schon überall Münder und Zungen und Zahnspangen.

Die Jungs kamen nicht zu uns, sondern warfen mir nur aus der Ferne Blicke zu, allen voran A-lex, B-lex und C-lex. Eigentlich heißt nur Alex wirklich so, aber die beiden anderen hängen immer wie Schatten an ihm dran, was ihnen bei Luzi und mir diese Namen eingebracht hat. Jedenfalls war ich ganz froh darüber, dass sie Abstand hielten, denn Boysmünder und Boyszungen sind ja *noch* ekliger.

Die Flatter war eindeutig neidisch auf uns und schoss finstere Blicke in meine Richtung. Anfangs hatte sie noch ein paarmal versucht, das große Wort zu führen, aber keiner hatte sie beachtet. Vielleicht sollte sie es mal wieder mit einem neuen Namen probieren, um ein bisschen Eindruck zu schinden?

Doch sie schien eine andere Strategie zu verfolgen. Seit Neuestem stellte sie sich in der Pause zu den Jungs und kicherte schrill über alles, was die von sich gaben – und wenn es nur ein Rülpsen war. Jungs mögen es nämlich, wenn man sie lustig findet. Zuerst tat sie mir dafür sogar ein wenig leid, aber dann kam mir ein grässlicher Gedanke: Am Ende krallte sie sich einen Freund nach dem anderen und galt dann als noch erfahrener als ich, und *schwupps,* schon war es vorbei mit meinem schönen Ruhm.

Was mich jedenfalls beruhigte, war, dass niemand Tanjas Style kopierte. Dana und Fi trugen die Haare jetzt auch verwuschelt wie ich, und Anja, Janina und Kim hatten sich ebenfalls kurze Jeansshorts gekauft – mitsamt Leggings –, und meine Shirts und das Schnürsenkelarmband waren sowieso der Hit.

Es war schon verrückt, dass *ich* bewundert wurde. Und dann auch noch von Mädchen, die ich doch selbst bewunderte! Dana zum Beispiel arbeitete nicht nur in der Schülerzeitung mit, sondern machte auch Show-Inlineskaten in der Mannschaft und spielte Schlagzeug. Und Fi hatte nicht nur einen Glitzerstein in der Nase, sondern auch einen beheizten Swimmingpool (also nicht in der Nase, sondern im Garten), an den sie mich schon ein paarmal eingeladen hatte.

Das erste Mal – es war an einem Sonntag – planschten wir herum, bis wir ganz schrumpelige Zehen und Finger hatten, und danach, als wir wieder entschrumpelt waren, lackierten wir uns die Nägel neu. Das zweite Mal hatte sie ein T-Shirt bereitgelegt, damit ich es für sie in meiner Milly-Spezial-Schrift mit ihrem Namen bemalte, und ich schrieb »FUNKEL-FI«

darauf. Dana hatte eins mit »DANA-DARLING« und Luzi eins mit »LUXUS-LUZI« bekommen, und dann war ich noch auf zwei Geburtstagspartys von Mädchen aus meiner neuen Klasse eingeladen gewesen, die sich auch solche Namensshirts gewünscht hatten.

Ein schlechtes Gewissen hatte ich schon ab und zu, weil ich bis dahin immer alles mit Luzi gemacht hatte, aber ich konnte sie ja schlecht einfach zu Dana oder Fi mitschleppen, wenn sie nicht eingeladen war. Und nicht zum ersten Mal beschwerte sie sich, dass ich gar keine Zeit mehr für sie hatte.

»Lade doch mal alle zu *dir* ein und mich auch«, schlug Luzi vor, als wir abends am Telefon miteinander quatschten. Das hatten wir uns in letzter Zeit angewöhnt, weil wir in den Pausen gar nicht mehr dazu kamen, miteinander zu reden. Fi und Dana waren immer ganz zackig neben mir auf der Lehne der VIP-Bank – so schnell, dass Luzi oft keinen Platz mehr bekam. Stattdessen spielte sie jetzt immer mit den Jungs Tischtennis.

Ich schüttelte den Kopf, dass meine Wuschelmähne flog. »Nein, sonst checken sie ja, dass Ole mein Bruder ist!«

Luzi seufzte. »Hast auch wieder recht.«

»Willst du dann morgen vielleicht allein zu mir kommen und wir spielen eine Runde Singstar auf der Playstation?«, fragte ich.

Luzi überlegte. »Singstar ist doch baby«, sagte sie. »Aber wir könnten mal wieder einen Schwung Kuss-SMS abarbeiten.«

Jetzt war ich es, die seufzte. Langsam ging mir meine neue Aufgabe auf die Nerven, während Luzi nicht genug davon kriegen konnte. Ich kam mir schon vor, als wäre ich nicht normal, weil ich prinzipiell nichts gegen Singstar hatte und weil ich fand, dass mein Mund nicht zum Küssen, sondern in erster Linie zum Essen da war. Und natürlich zum Reden und Witzemachen und Lästern und Lachen und Ole-Ärgern und Schwätzen und höchstens noch zum Bemalen.

Letzteres probierte ich am Donnerstag mit Dana aus, als ihre Eltern nicht zu Hause waren. Nachdem sie mir erst eine halbe Ewigkeit lang wieder mal ein Ohr über den »supersüßen Jonas aus der Achten« abgekaut hatte, schnappten wir uns den eindrucksvollen Kosmetikkoffer ihrer Mutter und schminkten uns in aller Ausführlichkeit: die Lippen blutrot, die Augen wurden schwarz mit Kajalstift umrandet, die Wimpern getuscht und die Brauen betont. Hinterher sahen wir gleich vier Jahre älter aus.

»Dieser Mund ist wie zum Küssen gemacht«, flüsterte Dana, die hinter mir stand.

Erschrocken starrte ich mich im Spiegel an. Ich hätte schon längst küssen müssen. Und in vier Jahren, da war ich fast sechzehn und musste mich noch mit ganz anderen Problemen als Zungenküssen rumschlagen. Das hatte ich in der *Bravo* gelesen, wo ständig irgendwelche Fünfzehnjährigen von ihrem ersten Mal berichteten. Plötzlich überkam mich eine fette Fetzwut und ich riss mehrere Papierchen von der Klorolle ab und wischte mir das Zeug aus dem Gesicht, bis ich aussah wie ein Vampir, und Dana, die das alles für einen großartigen Witz hielt, einen Kicheranfall bekam. Langsam begann ich mich zu fragen, ob eigentlich alle anderen einen an der Klatsche hatten oder ich. *Wie zum Küssen gemacht?* Allein an so was zu denken, machte mich ganz wahnsinnig.

Ich wollte nicht sechzehn werden. Und zwölf eigentlich auch nicht. Das ging mir irgendwie alles zu schnell. Konnte mal bitte einer die Zeit anhalten?

Zu Hause angekommen, hätte ich am liebsten das Pendel der großen schwarzen Standuhr im Wohnzimmer gestoppt und auch sonst alle Uhren angehalten, wenn das denn etwas gebracht hätte.

Ich wehrte Bruno und Monster ab, die mich im Flur ansprangen – der eine, weil er mit mir das Sandmännchen gucken, der andere, weil er seine riesigen Pfoten zur Begrüßung auf meine Schultern legen wollte –, und lief schnurstracks in mein Zimmer.

Auf einmal wollte ich ganz dringend mit Luzi reden. Die kannte mich am allerbesten. Die würde es doch wissen, wenn was mit mir nicht stimmte. Gibt es ein bestimmtes Alter, in dem Mädchen küssen müssen, sonst sind sie nicht normal? Der Gedanke machte mich ganz unruhig und zog mir bis in die Zehenspitzen. Das musste ich mit Luzi besprechen.

Jetzt. Gleich. Sofort.

Aber Luzi ging nicht an ihr Handy, also versuchte ich es auf dem Festnetz.

»Ich dachte, Luzi wäre bei dir?«, sagte Frau Schneider.

Mist, *Mist*, MIST! Wo war Luzi denn? Ich brauchte sie doch. Inzwischen kribbelten meine Zehen, als würde ich in einem Termitenhügel stehen. Das war ein schlechtes Zeichen. Ich schrieb Luzi eine SMS, da meldete sie sich sonst immer sofort. Doch nichts geschah. Vielleicht hatte sie Handyverbot? Genau: Hausarrest mit Handyverbot. Und ihre Mutter hatte mich vorhin eiskalt angelogen und Luzi war doch da und durfte bloß nicht ans Telefon. So was könnte meine Mama auch bringen.

Ja, so musste es sein. Arme Luzi. Ich sah sie schon vor mir, wie sie schreiend an ihrer verschlossenen Zimmertür rüttelte.

Ob ich versuchen sollte, bei ihr einzusteigen? Ihr Zimmer befand sich im ersten Stock. Vielleicht konnte ich am Balkon hochklettern, mit meiner Briefkasten-Girl-Hand die Balkontür zertrümmern und sie befreien. Doch dann fiel mir meine letzte Aktion bei Luzi ein, und ich hatte ein Bild vor Augen, wie ich vom Balkon baumelte und nicht mehr vorwärts und rückwärts kam und Ole mich wieder retten musste.

Nee, das mit dem Heimlich-ins-Haus-Einsteigen ließ ich lieber bleiben. Aber mit irgendjemand musste ich reden, sonst würde ich platzen. Meine neuen Freundinnen schieden aus, denn die dachten ja, ich wäre eine ganz andere Milly als die, die ich eigentlich war. Blieb nur Mama. Ich tigerte ins Wohnzimmer. Keine Mama. Ins Bad. Auch keine Mama. Ins Schlafzimmer. Erst recht keine Mama. Dafür saß dort Bruno und räumte in aller Seelenruhe Papas Sockenschublade aus. Das Sandmännchen war offenbar schon vorbei. Aus Oles Zimmer drang Musik, aber den wollte ich nun wirklich nicht zum Thema Küssen befragen.

»Mama!«, schrie ich. »Maaaaaaa-ma!«

Stille. Irgendwo musste sie ja sein, wenn Bruno auch da war.

Dann hörte ich die Haustür aufschnappen.

»Du, Mama!«, rief ich und sauste ihr die Treppe hinunter entgegen. »Sag mal, wie geht eigentlich ein richtiger Kuss? Und ab welchem Alter sollte man Zungenküsse ma– Oh … hallo, Paps.«

Paps sah genauso entsetzt aus, wie ich mich fühlte. Über seinen weißen Zahnarztklamotten wurde sein Kopf ein wenig rot. Er räusperte sich und nickte bedächtig. »Ja, ja, das mit dem Küssen«, sagte er, »das ist … äh … so eine Sache.«

Ich streckte abwehrend die Hände vor. »Schon okay. Eigentlich interessiert es mich gar nicht, und Mathehausaufgaben muss ich auch noch machen.« Ich drehte mich um und wollte die Flucht ergreifen, aber stattdessen ergriff Paps was. Meinen Arm nämlich.

»Nein«, sagte er und rubbelte sich durch die raspelkurz geschnittenen Haare. »Es ist gut, dass du fragst, Milly. Es gibt da nämlich einiges zu beachten.« Dazu machte er ein Gesicht, das nur allzu deutlich zeigte, dass es *überhaupt* nicht gut war, dass ich fragte. Zumindest nicht *ihn*. Er lächelte mich an, als hätte er Zahnschmerzen.

»Aha?«, krächzte ich und ließ mich von ihm zum Esstisch ziehen. Paps wollte mich aufklären. Zu Hilfe!

»Ja, ja.« Er rieb sich die Hände. Das macht er auch immer, wenn ich auf seinem Behandlungsstuhl liege und er nachguckt, ob ich Karies habe.

Automatisch öffnete ich den Mund und machte: »Ahhh«, während Paps sich langsam zu fangen schien. Sein Kopf hatte wieder Normalfarbe und er schaltete in den Zahnarztmodus. Das erkennt man daran, dass er die Ärmel seines weißen Kittels langzieht – selbst wenn er ihn gar nicht mehr anhat – und sein blendend weißes, ebenmäßiges Zahnarztlächeln aufsetzt.

»Also«, sagte er und guckte an mir vorbei auf unser riesiges rotes Sofa. »Wusstest du, dass beim Küssen über den Speichel Karies übertragen werden kann?« Er hob den Zeigefinger und mir hob sich der Magen. *Speichel* – allein schon das Wort ist so spotzespuckblöd, dass einem ganz igitt wird. Am liebsten hätte ich mir die Hände auf die Ohren gepresst und laut »Lalalalalalaaa!« gesungen, damit ich nichts hören musste.

Aber Paps war jetzt in seinem Element. »Solche Karies verursachenden Bakterien ernähren sich übrigens ausschließlich von Zucker. Man sollte also auf eine zuckerarme Ernährung achten. Empfehlenswert sind vor dem Küssen auch Mundspülungen, die die Bakterien abtöten.«

Und die Liebe bestimmt auch, dachte ich und schaltete schnell auf Durchzug. Links rein, rechts raus. Ich stellte mir das Gespräch mit dem Freund, den ich eines Tages vielleicht einmal haben würde, schon vor: »Du willst küssen? Auf Zunge? Mooooment: Bitte erst noch Zähne putzen, Mund spülen, und ich hoffe, du hast heute noch nichts genascht?« Fehlte bloß noch, dass Paps jetzt mit Karius und Baktus und deren bescheuertem Pickel und Presslufthammer anfing.

Auf einmal hielt Paps inne und schüttelte den Kopf. Er musste wohl den entsetzten Ausdruck auf meinem Gesicht bemerkt haben. »Entschuldige, Milly: Berufskrankheit. Das ist vermutlich nicht ganz das, was du eigentlich wissen wolltest, oder?«

Natürlich nicht! »Doch, doch.« Ich nickte wie wild.

»Das war echt sehr …« *Widerlich,* dachte ich. »… aufschlussreich«, sagte ich, sprang auf und floh nach oben.

»Also, falls du noch mehr wissen willst … ich bin jederzeit für dich da«, rief Paps mir noch hinterher.

Nach dem »Gespräch« mit Paps war ich so genervt, dass ich nicht mehr über das Thema reden wollte. Und das war auch besser so, denn Mama tauchte zwar wie aus dem Nichts zum Abendessen auf und saß mit uns am Tisch, war jedoch nur körperlich anwesend. Ständig kniff sie nachdenklich die Augen zusammen, holte irgendwelche zerknüllten Zettel aus ihrer Hosentasche und kritzelte etwas darauf. Aber mein Redebedarf war für heute sowieso gedeckt. Ich wollte nichts mehr sagen, nichts mehr hören, nichts mehr sehen, nichts mehr denken. Und riechen wollte ich auch nichts mehr, als zu allem Überfluss auch noch Monster unter dem Tisch pupste. Also schob ich mir unauffällig zwei Erbsen in die Nase, die Mama gekocht hatte. (Natürlich hatte sie mehr als zwei Erbsen gekocht. Es gab einen ganzen Topf davon und sie wollte gerade warmen Vanillepudding als Soße drüberschütten. Papa konnte sie gerade noch bremsen. *So* schräg war sie drauf.)

Nach dem Abendessen ging ich direkt ins Bett. Das mit dem Küssen und der Liebe und dem Erwachsenwerden machte mich fix und fertig. Am liebsten wäre ich wieder vier gewesen. Dann hätte meine Mama mir abends zum Einschlafen ein Märchen vorgelesen. Ich stand noch einmal auf, zog mein dickes, altes Märchenbuch ganz hinten aus meinem Regal und wischte die Staubschicht ab. Es fühlte sich schwer und beruhigend an. Dann schlug ich es einfach irgendwo auf. Ausgerechnet der *Froschkönig*! Früher hatte ich die Prinzessin immer voll gemein gefunden, weil sie ihr Versprechen, den Frosch zu küssen, nicht halten wollte. Aber jetzt konnte ich sie verstehen, und zwar nur zu gut. Ich blätterte weiter zur nächsten Geschichte. *Dornröschen*. Das war doch die Geschichte mit dem Wachküssen. Angewidert klappte ich das Buch zu und warf es wie den Frosch persönlich an die Wand.

Vielleicht musste ich es einfach hinter mich bringen, schoss es mir durch den Kopf. Also das mit dem Küssenmüssen. Anscheinend gehörte das in einem bestimmten Alter einfach dazu. Dann hätte ich wieder meine Ruhe. Vorerst.

Irgendwann fiel ich in einen unruhigen Schlaf. Die Gedankenschleife um das Küssenmüssen begleitete mich die ganze Nacht.

7. Kapitel

… in dem mich die Küsserei ganz krank macht

Am nächsten Morgen erwachte ich mit einem schalen Geschmack im Mund. Mein Kopf hämmerte, als würden Karius und Baktus meine Schläfen mit Pickel und Presslufthammer bearbeiten, und mein Bauch zwickte und zwackte.

Ich konnte heute nicht zur Schule gehen. Ich konnte keine Münder sehen und keine Gespräche übers Küssen führen, geschweige denn Ratschläge geben. Außerdem musste ich in Ruhe nachdenken. So eine Nacht wie die letzte wollte ich kein zweites Mal erleben. Es musste dringend was geschehen. Nur was?

Als Mama den Kopf zur Tür hereinsteckte und »Aufstehen, Milly-Maus!« rief, sah ich sie weinerlich an, was mir nicht weiter schwerfiel.

»Bin krank«, krächzte ich.

Mama legte mir die Hand auf die Stirn. »Aber Fieber hast du nicht.«

Doch. Kussfieber, dachte ich, sagte jedoch: »Mir tut der Kopf weh, und der Bauch auch.« Und das war nicht mal gelogen.

Mama streichelte mir mitleidig über die Wange. Kopfweh kannte sie. Dafür hatte sie vollstes Verständnis. »Dann bleibst du heute schön im Bett und ruhst dich aus«, meinte sie, und ich lächelte sie dankbar an.

Eine Stunde später standen eine dampfende Tasse Kamillentee und ein Teller mit Zwieback auf meinem Nachttisch, und auf meinem Bauch ruhte eine Wärmflasche. Mit einem Schmatz auf meine Stirn verabschiedete sich Mama.

»Wo gehst du denn hin?«, fragte ich.

Hätte sie nicht eigentlich den ganzen Tag an meinem Bett sitzen, meine Hand halten und mir Tee einflößen und Äpfel schälen sollen?

Mama machte eine vage Handbewegung. »Besorgungen. Viele Besorgungen. Kann länger dauern. Bald hat ja auch jemand Geburtstag, nicht wahr?«

»Wer denn?«, fragte ich.

Sie lachte und zwinkerte mir zu. »Nur noch zwanzig Tage!« Anscheinend dachte sie, ich hätte einen Witz gemacht. Dabei war mir alles andere als zum Spaßen zumute. Mir fiel nämlich gerade auf, dass das ja *ich* war, die Geburtstag hatte. Noch nie hatte ich das vergessen. Was war nur mit mir los? Wahrscheinlich wollte ich gar nicht älter werden. Mit zwölf ist man kein Kind mehr, und dann muss man raus in diese Welt voller Händchenhalten und Küssen und Zungen und Speichel und wer weiß, was sonst noch alles. Wollte ich das? Aber mich fragte ja keiner.

Als ich gerade an meinem Tee nippte, ging die Tür erneut auf und Mama steckte noch einmal kurz den Kopf herein. »Sag mal, wie willst du eigentlich feiern?« Und ohne meine Antwort abzuwarten, schob sie hinterher: »Was hältst du von einer Übernachtungsparty?«

Ich hustete den Tee quer über die Bettdecke. »Äh … tolle Idee«, stammelte ich und dachte: *Nur über meine Leiche. Oder über Oles Leiche.* Denn solange Ole unter den Lebenden weilte, konnte ich ja niemanden hierher einladen.

Da lag ich nun und grübelte, bis mir der Kopf doller rauchte als der Tee.

Das mit meinem Geburtstag würde ich schon irgendwie deichseln, beschloss ich. Erst mal musste ich küssen. Und wie das ging, musste ich wohl selbst herausfinden. So ein grauenhaftes Gespräch wie das mit Papa ertrug ich kein zweites Mal. Insofern war es wiederum gut, dass alle weg waren, denn so konnte ich in aller Ruhe Oles *Bravos* durchforsten. Die Zeitschriften, die Luzi und ich gekauft hatten, brachten nichts mehr Neues – aber von Oles gehorteten Zeitschriften versprach ich mir mehr Informationen.

Als er letzten Frühling auf Klassenfahrt war, hatte ich mich Nachmittage lang gemütlich durch sein Zimmer gewühlt und äußerst interessante Dinge entdeckt. Nicht nur sein Geldversteck in einer dunkelgrünen Socke, sondern eben auch jede Menge Zeitschriften und ein Foto von einem Mädchen, um das er Herzchen drumherumgekritzelt hatte – und dann noch zwei komische Bögen mit Punkt mitten auf ihr T-Shirt. Ob das Brüste sein sollten? Ole ist doch echt abartig. Und malen kann er auch nicht.

Auch diesmal wurde ich fündig. Erst entdeckte ich die *Bravos* und dann in einer älteren Ausgabe einen Artikel, der *Der erste Kuss und wie er gelingt* hieß. Ich jubelte lauthals, doch es war nur ein Haufen Blabla darüber, dass die Angst vorm ersten Kuss Teil der wunderbaren Aufregung sei, die jedes »erste Mal« so spannend macht. Und dass man ein großartiges Glücksgefühl erlebt, wenn man sich dieser neuen Herausforderung stellt. »Fürs Küssen gibt es kein Rezept, das für alle passt«, schrieben die doofen *Bravo*-Leute, »denn jeder küsst anders. Wer sich verliebt, muss nicht schon ein Kuss-Experte sein. Oder willst du lieber vorher Kusserfahrung sammeln, um dich nicht zu blamieren?« *(Jetzt wurde es doch noch spannend!)* »Dann such dir einfach einen Übungspartner, den du nett findest, in den du jedoch nicht verliebt bist. Falls das mit dem Übungspartner aber nicht dein Ding ist, dann probier verschiedene Kusstechniken am eigenen Handrücken aus. Oder du übst mit einem Glas, das du ausleckst.«

Das war doch absolut dusselig. Stellt euch mal vor, ich knutsche gerade das ehemalige Senfglas mit den Schlümpfen drauf ab und dann platzt Ole rein. Ich meine, der lacht sich doch tot. Und ich sterbe vor Scham. Das wären dann zwei Todesfälle nur wegen ein bisschen Kusstraining …

Aber die Idee mit dem K.O. (kurz für »Kussopfer« nämlich) war nicht schlecht. Nur mit wem sollte ich Erfahrungen sammeln? Die Jungs aus unserer Klasse trauten sich nicht an mich ran, im Gegensatz übrigens zur Flatter, die letzte Woche mit A-lex Händchen gehalten hatte, das hatte ich genau gesehen. Aber um mich machten sie einen großen Bogen, weil ich ja sooo cool war und soooo viel Erfahrung hatte. Im Grunde genommen war mir das wegen der Jungsallergie auch sehr recht, andererseits: Wo sollte ich denn nun einen Kuss herkriegen? Und woher den Mund, der zu dem Kuss dazugehörte? Und vor allem woher den Typen, der zu dem Mund dazugehörte?

Eines war klar: Ich musste wieder unter Leute. Hier zu Hause fand ich ganz sicher keinen Küsser für mich. Plötzlich sah ich Manuel aus unserer Klasse mit den Schokoladenaugen vor mir. Der hatte eine ziemlich dicke Unterlippe. Wie sich die wohl anfühlte? Ich schüttelte den Kopf, um den Gedanken loszuwerden, sprang auf und schlurfte ins Bad. Im Flur stolperte ich über Monster, der mitten im Weg lag, und stieß mir die große Zehe am Bücherregal meiner Eltern, das sich unseren gesamten Flur entlangzieht. Fluchend hüpfte ich auf einem Bein weiter, verlor das Gleichgewicht und hielt mich in letzter Sekunde an einem Regalbrett fest. Mit lautem Gepolter purzelten mehrere Bücher zu Boden.

Ich bückte mich, um sie wieder einzuräumen. *Katinka und Katonka – zwei Krankenschwestern mit doppelt Herz*, las ich und stellte es an seinen Platz zurück, außerdem: *Die Kameliendame, Madame Bovary* und *Im Spiegelsaal der tausend Küsse*.

Ich stutzte. Das war ja lustig. Das Buch stand gleich zehnmal im Regal. Ja, ihr habt richtig gelesen. Zehnmal das gleiche Buch. So ein Schwachsinn! Aber *tausend Küsse* klang gut. In einem Erwachsenenbuch mit *dem* Titel musste doch was über Küssen drinstehen. Und zwar was anderes, als dass man Gläser und seine eigene Hand abschlabbern soll.

Ich nahm mir ein Exemplar und verzog mich damit wieder ins Bett. Eigentlich hätte ich ja ein Buch über Vampire lesen sollen, das ich mir für die Buchvorstellung beim Fischstäbchen demnächst ausgesucht hatte, aber das mit dem Küssen ging jetzt vor.

Die Geschichte, die im neunzehnten Jahrhundert spielte, handelte von einer blutjungen Ungarin namens Ilonka, die mit einem furchtbar dicken französischen Grafen verheiratet war, der mindestens dreißig Jahre zu alt für sie war. Die Kinder des Grafen aus erster Ehe liebte die junge Frau jedoch von ganzem Herzen. Da waren der kleine Brüno-André, die elfjährige Camille und Olivier, der seiner Stiefmutter schon über den Kopf gewachsen war und sich immer mit viel zu viel Parfum einduftete. Vor allem dieser bezaubernden Kinder wegen war die junge Ungarin darauf eingegangen, als der alte Graf ihr den Hof machte. Denn die Halbwaisen brauchten doch eine Mutter, und das zerriss ihr das weiche, gute, große Herz. Nicht zu vergessen Mortimer, der Hund des Grafen, der ihr treu ergeben war und seiner jungen Herrin stets zu Füßen lag. Sogar im Bett.

Doch bald schon wurde der alte Graf schwer krank und siechte dahin, und es kam ein berühmter Heiler ins Haus, ein sogenannter Medikus mit auffallend schönen, ebenmäßigen Zähnen und raspelkurz geschorenen Haaren. Der Arzt war ein toller Typ und stets in weiße Gewänder gehüllt. *(Wie Papas Zahnarztkittel, was? Ich kicherte.)*

Nacht für Nacht wachten Ilonka und der Medikus am Krankenbett des Grafen und redeten über Gott und die Welt. Irgendwann, in einer besonders langen, kalten Nacht, überredete der Medikus sie, ihm einen Csárdás, den ungarischen Nationaltanz, vorzutanzen. Erst zierte sie sich ein bisschen, aber dann führte sie ihn in den großen Spiegelsaal und begann, sich immerzu im Kreise zu drehen, und stampfte mit ihren Stiefeletten auf, dass ihre hübschen Lieblinge, die prall ihr Mieder füllten, bebten. *(Hä?, dachte ich.)* Schneller und immer schneller wirbelte sie. Höher und immer höher flogen die Röcke und gaben ihre schlanken Fesseln und ihre perlmuttweißen Schenkel preis. Und danach schien der Medikus ihr was zu kochen, denn auf einmal war ständig von seinen heißen Lenden die Rede.

(Was für Lenden?, fragte ich mich. Also, ich kannte nur Lendchen. Wenn Mama eine Kochphase hatte, gab es die manchmal, zart wie Butter, dampfend heiß, in Sahnesoße.)

Aber weiter im Text: War anfangs von der Küsserei weit und breit nichts in Sicht gewesen, wurde es jetzt spannend. Der Medikus bettelte um einen Kuss.

»Aber nur ein einziger. In allen Ehren«, hauchte Ilonka, woraufhin sie sich einen scheuen Kuss gaben.

Danach blitzten die Augen des Medikus mit seinen Zähnen um die Wette. »Das waren tausend«, flüsterte er, »in all den Spiegeln.«

Und nun gab es kein Halten mehr und sie küssten sich verzweifelt *(Sieh an, dachte ich, ist die wegen dieser Knutscherei genauso verzweifelt wie ich?)*. Sie fielen übereinander her, hieß es weiter *(anscheinend war ich nicht die Einzige, die tollpatschig und panne war)*, und ein Stöhnen entrang sich ihrer Kehle, als sie von ihrer Leidenschaft hinweggespült wurden.

Wie sollte ich mir das vorstellen? Kam da ein

Schwall Wasser und weg waren die? Wie im Klo? Irgendwie kam ich so nicht weiter. Das verwirrte mich nur noch mehr. Genervt klappte ich das Buch zu und zog mit meiner Decke aufs Wohnzimmersofa um, wo sich inzwischen Monster breitgemacht hatte, sodass ich ihn wegschieben musste.

»Nix verraten«, flüsterte ich ihm zu, als ich den Fernseher einschaltete, denn vormittags ist Glotzen bei uns verboten.

Lustlos zappte ich durch die Programme, bis ich auf einem Kanal hängen blieb, auf dem gerade zwei Leute knutschten, die bestimmt so alt wie meine Eltern waren. Ein Typ mit Dreitagebart umarmte eine weizenfeldblonde Frau und dann wurde zu geigiger Kitschmusik geschmust – eine *Schmusik* gewissermaßen. Sonst schalte ich bei solchen Dauerknutschereien ja um, aber heute guckte ich hin. Ganz genau guckte ich hin. Jetzt zog er sie noch enger an sich und sie schnaufte komisch laut. Wahrscheinlich kriegte sie keine Luft, weil er sie so quetschte. Das war ja, wie wenn Ole mich in den Schwitzkasten nahm. Und dann küssten sie sich wieder – mit weit aufgerissenem Mund und hechelten dazu wie unser Hund. Es sah aus, als würden sie sich gegenseitig ins Gesicht beißen, so wild bearbeiteten die sich. »Ohhhh«, ächzte er und sie machte »uhhh« und »ahhh« und »uhhh-ahhh«.

Das war mir jetzt *zu* anschaulich. Zum Glück

schwenkte die Kamera in diesem Moment auf den Sofatisch mitsamt einer zartlila Blumenvase und ich atmete erleichtert auf und schaltete aus. Für heute hatte ich genug gesehen.

»Ach, Monster«, seufzte ich. »Ich wäre auch gern ein Hund. Du hast es gut. Hunde küssen nicht auf Zunge.«

Und wenn, fiel mir ein, dann würden sie sich vermutlich nicht ekeln. Weil wer mit solcher Begeisterung an fremden Hintern und Kackhäufchen rumschnüffelt, dem graut bestimmt vor gar nichts.

Monster stellte die Ohren auf, sah mich aufmerksam an und pupste.

»Hm, du hast recht«, sagte ich, »vielleicht will ich doch kein Hund sein. Muss ich noch mal drüber nachdenken.« Damit rollte ich mich zu einer kleinen Kugel zusammen, kuschelte mich enger an ihn und schloss die Augen.

An diesem Vormittag träumte ich von einem Zungenkuss. Der Zungenkuss war sehr zungig und sehr nass und fühlte sich an, als würde mir jemand das komplette Gesicht ablutschen. Kreuz und quer und hin und her. Als dann auch noch ein grauenhaftes Hecheln dazukam, fuhr ich hoch.

Vor mir sah ich Monster, die Zunge weit ausgefahren.

»Monster, du Erdferkel«, quiekte ich und schob ihn von mir weg. »Lass das. Aus, pfui!« Einen Moment lang überlegte ich, ob das jetzt mein erster Zungenkuss war. Konnte man das gelten lassen?

Aber machen wir uns nichts vor: Ich war und blieb Milly Kissinger, elf Jahre, elf Monate, elf Tage und ungeküsst, dafür mit Hundesabber im Gesicht und um eine Erkenntnis reicher: nämlich dass ich mit Büchern, Zeitschriften und dem Fernsehen bei dem Thema nicht weiterkam. Was ich brauchte, war Praxis. Ich musste küssen können wie eine Eins. Warum lernte man das eigentlich nicht in der Schule als Unterrichtsfach: Knutschkunde, kurz *Knuku*? Alles, was man wirklich wissen muss, bringt einem keiner bei. Wozu war es gut, wenn ich Gleichungen nach x, y oder z auflösen konnte? Weil wenn ich vielleicht möglicherweise doch irgendwann irgendwie mal einen Freund hatte, dann durfte ich mich nicht anstellen wie das Pferd zum Stricken. Ich sah schon den Artikel im Wölfchen: *Angebliche Schlussmacherin und selbst ernannte Kussexpertin Milly Kissinger versagt beim Knutschen auf ganzer Linie.*

In diesem Moment kam eine SMS von Fi: *Stell dir vor: Janja knutscht mit Alex!*

Und gleich darauf schrieb Dana: *Millyyyyyyyy! Jonas hat mich nach meiner Handynummer gefragt!*

Eine Minute später schrieb sie: *Ob er bald anruft?*

Zwei Minuten später: *Ob wir bald mal ausgehen?*

Drei Minuten später: *Ob er mich bald küsst?*

Bevor sie mich fragen konnte, ob er ihr wohl bald einen Heiratsantrag machen würde, schaltete ich mein Handy aus. Also, echt, da war man mal einen Tag nicht da und schon war alles anders. Hiermit schwöre ich hoch und heilig und hastig, dass ich nie wieder auch nur einen einzigen Tag in der Schule fehlen werde! Das ist einfach zu gefährlich.

In diesem Moment traf ich eine Entscheidung: *Augen zu und durch!* Das passte gut, weil die Augen muss man ja wirklich zumachen beim Küssen. Ich wollte kein Schisshase mehr sein, denn ohne Kuss stagnierte mein Leben, während alle anderen sich weiterentwickelten. Ich wollte küssen, und zwar noch vor meinem zwölften Geburtstag. Jetzt musste nur noch ein K.O. her.

Was würde Briefkasten-Girl tun?, fragte ich mich. Die würde einen Typ mit ihrer gefährlichen Rechten k.o. schlagen und ihn dann, wenn er wehrlos und ohnmächtig vor ihr lag, in aller Ruhe küssen. Nach allen Regeln der Briefkastenkunst. Und hinterher wüsste kein Mensch davon, sodass es null peinlich wäre. Ja, so einen Kerl brauchte ich auch – auch wenn mir klar war, dass ich nicht einfach einen Jungen umnieten konnte. Die neue Milly würde die Sache jetzt jedenfalls anpacken.

Auf einmal fühlte ich mich sehr erleichtert. Wenigstens das Augenzumachen konnte ich ja schon mal üben, beschloss ich, schlang den Arm um Monster und atmete seinen Hundegeruch ein.

»Monster, du muffst«, sagte ich zu ihm, und er hechelte mich freundlich an und so schliefen wir wieder ein.

Völlig traumlos.

Mittags weckte Mama mich auf. Sie hatte Buchstabensuppe für mich gekocht. Das fand ich so lieb, dass es mich nicht mal nervte, wie sie kaute oder dass Bruno mit den Fingern einzelne Buchstaben aus der Suppe angelte. Ob ich sie doch fragen sollte, was es mit der Küsserei auf sich hatte?

Aber sie war noch seltsamer drauf als die Tage zuvor, und als Bruno voll mit seinem Löffel in die Suppe schlug, sah sie nicht mal auf, sondern murmelte nur: »Ja, das ist gut. Richtig gut.«

So hatte ich sie noch nie erlebt. Was war nur mit ihr los?

Nach dem Essen verdrückte ich mich wieder in mein Zimmer, weil Bruno ständig mit einem Kochlöffelstiel in meinem Ohr Fieber messen wollte.

Nachmittags kam Luzi vorbei, brachte mir die Hausaufgaben und erzählte mir, dass die Flatter mit A-lex geknutscht hatte.

Ich nickte. »Hat Fi mir schon gesimst. Und, wie war's sonst so in der Schule?«

Sie so: »Schön.«

Ich so: *»Schön?«*

Sie so: »Na ja, ganz okay eben.« Sie drehte eine grüne Klarsichtmappe in den Händen, in der sich Arbeitsblätter und die Hausaufgaben befanden. »Du, Milly, ich muss dir was sagen …«

Und ich so: »Ich muss dir auch was sagen. Ich hab nämlich nachgedacht. Pass auf: Ich werde auch küssen!«

Luzi bekam große Augen: »Cool! Wen denn?«

Und ich so: »Ist doch egal. Hauptsache küssen. Ich meine, wer will schon einen Freund? Keine Sorge, natürlich bin ich immer noch allergisch gegen Jungs.« Ich grinste sie an.

Luzi runzelte die Stirn.

Ich so: »Hast du vielleicht eine Idee, wen? Also aus der Schule keiner, weil die denken ja, ich könnte es schon.«

Luzi so: »Nö.«

Ich zuckte mit den Schultern. »Na ja, kommt Zeit, kommt Rat. Was wolltest *du* mir eigentlich erzählen?«

Sie zögerte kurz, dann machte sie eine wegwerfende Handbewegung. »Ach, nichts.«

8. Kapitel

… in dem ich nach Kussopfern suche und Händchenhalter finde

Den Samstagvormittag verbrachte ich noch im Bett, damit Mama und Papa nicht misstrauisch wurden. Nachmittags erklärte ich mich dann für geheilt und rief Luzi an, doch sie war schon wieder nicht da. Seltsam, wo war sie denn ständig? Und warum ging sie nicht an ihr Handy? Nun gut, beschloss ich, dann musste ich mich eben allein auf die Suche nach einem K.O. begeben. Ich tuschte mir die Wimpern, band mir eine Strickjacke um die Hüften und zog los.

Es war merkwürdiges Wetter: wirbelig und windig und zugleich drückend, und der Himmel hatte eine bleigraue Farbe. Wahrscheinlich würde es bald regnen.

So, wo waren sie denn nun, die K.O.s?

Als Erstes lief ich Frau Rauschmann und ihrem Bingo über den Weg. Die kamen schon mal nicht in die engere Wahl. Vor dem Stall vom Hansenhof begegnete ich mehreren Kühen, die ebenfalls ausschieden. An der Bushaltestelle stand ein Vater mit zwei streitenden Kleinkindern. Fehlanzeige. Aber an der Tankstelle, ein paar Hundert Meter weiter, sah es besser aus.

Dort hängen nämlich immer die Großen rum. Auch Ole. Wahrscheinlich hat er sein Mofa überhaupt nur deshalb, damit er einen Grund hat, an die Tanke zu fahren und so zu tun, als würde er dazugehören. Zusammen mit ein paar anderen Jungs und Mädchen saß er auf einer Mauer und trank Limo aus der Dose. Hinter einem mannshohen Heckenrosengebüsch ging ich zwischen weggeworfenen Papierchen und Zigarettenstummeln in Deckung und scannte Oles »Gäääng«, wie er sie nannte, nach K.O.s ab.

Aber der Typ mit der schwarzen Lederjacke kam nicht infrage, der hatte noch mehr Pickel als Ole. Und der andere kicherte die ganze Zeit so dämlich, der gefiel mir auch nicht. Eigentlich war Ole noch der Beste von denen.

Ich beobachtete meinen Bruder, wie er etwas zu einem blonden Mädchen sagte und ihr dabei den Arm um die Schultern legte. *Ole!* Mir wurde ein bisschen komisch.

Ich beschloss, dass ich für heute genug gesehen hatte, und wollte mich gerade davonschleichen, als auf einmal etwas angeflogen kam. Ich duckte mich, doch zu spät.

Doing!, landete es auf meinem Kopf und fiel vor mir auf den Boden. Es war die Bierdose von Oles Lederjackenfreund und es tat weh. Ich stieß einen unterdrückten Fluch über diesen weiteren Höhepunkt in meiner langen Liste der Pleiten, Pannen und Peinlichkeiten aus. Zu allem Überfluss war in der Dose noch ein Rest drin gewesen und hatte einen gut sichtbaren dunklen Fleck unterhalb meines Bauchnabels bis runter auf meine zitronengelbe Jeans hinterlassen. Ich sah aus, als hätte ich mir eine Ladung Durchfall in die Hose gedonnert, aber nicht hinten, wo Durchfall hingehört, sondern vorne.

Da wurde das Briefkasten-Girl in mir echt sauer, kann ich euch sagen. In meiner Fantasie knallte sie der Lederjacke eine. Und dieses *Doing* klang noch viel lauter. Mein Milly-Ich dagegen schlich sich rückwärts davon, nix wie nach Hause mit der nassen Hose!

Erst am Dorfplatz drosselte ich mein Tempo und drückte mich möglichst unauffällig an der Bäckerei, dem Zeitschriftenladen und der Eisdiele vorbei.

Doch was war das?

Wie vom Donner gerührt blieb ich stehen. Dort vor der Eisdiele saß Luzi. Das wäre an sich nicht schlimm gewesen. Aber sie saß neben Leon aus unserer Klasse – und zwar verdammt nah, auf dem Rand eines großen Pflanztrogs unter einer Palme, deren

Wedel über ihren Köpfen wild im Wind schlenkerten. Ganz eng hockten die beiden nebeneinander und schleckten gemeinsam an *einem* Eis, sodass sich ihre Zungen fast berührten.

»Mensch, pass doch auf, Luzi!«, wollte ich ihr zurufen, »Zungenalarm! Jungsallergie!«, doch ich brachte keinen Ton heraus. Ich wollte hinrennen, aber ich stand da wie festgefroren. In meinem Bauch wurde es eiskalt.

Zeitstillstand.

Herzstillstand.

Mundoffenstand.

Dann sprang mein Gehirn wieder an und mir ging ein Licht auf. Dass ich da nicht gleich draufgekommen war: Luzi machte das für *mich.* Sie hatte ein K.O. für uns ausgesucht, damit wir endlich wussten, was Sache war. Nur eines wunderte mich: Warum wirkte sie überhaupt nicht angeekelt? Und warum hielt sie jetzt auch noch mit Leon Händchen? Das musste man ja nun echt nicht üben. Das konnte doch jeder Depp. Sogar ich. Dann legte sie ihm die andere Hand auf den Oberschenkel und sah ihm mit einem Blick in die Augen, der die komplette Eisdiele zum Schmelzen hätte bringen können. Und Leon guckte genauso zurück und sagte etwas, woraufhin Luzi kicherte. Versteht ihr? Sie *kicherte!* Und da wurde mir klar: Das hier war nicht gespielt. Das war echt. Luzi hatte keine Jungsallergie mehr.

Eine kräftige Windböe rupfte Blätter von den Bäumen und fegte sie vor sich her und in mir fegte und wirbelte auch alles durcheinander. Vom Himmel fielen die ersten Tropfen und aus meinen Augen auch. Zusammen liefen sie mir übers Gesicht und hinterließen kleine schwarze Wimperntusche-Bäche.

Von ganz tief innen spürte ich etwas in mir aufsteigen. Nein, kein Rülpser. Und auch kein Pups. Es war Wut. Eine abartige, borstige Sauwut. Ich schnappte nach Luft und Luft und noch mehr Luft, bis ich mich wie ein Ballon fühlte: knallrot und prallvoll und kurz vorm Platzen. Und das würde einen ganz schönen Knall tun, das kann ich euch versichern. Warum hatte Luzi mir denn nicht erzählt, dass sie auf Leon stand? Und warum stand sie überhaupt auf Leon? Es tat weh, die beiden so zu sehen. Das stach mir ins Herz. Und ich hatte das Gefühl, ich würde auch jeden Moment wie ein angestochener Ballon schrill pfeifend durch die Luft sausen. Doch bevor es so weit kommen konnte, rannte ich davon.

Ob jemand meinen Vorderdurchfall sah, war mir so was von egal. Sollte die Rauschmann, die mir natürlich noch einmal über den Weg lief, doch erzählen, was sie wollte, und mich überall *Miss Dünnschiss* nennen.

In dieser Nacht träumte ich nichts. Ich hatte einfach rundum die Schnauze voll: vom Küssen, von Luzi, von verschwundenen Müttern, von Boys und Girls – und vom Träumen sowieso.

9. Kapitel

… in dem ich Autos im Gesicht habe und Ole mich in seine Sockenphilosophie einweiht

Am nächsten Tag war die Wut verraucht und die Luft aus mir raus. Ich fühlte mich labbrig und leer und lag den ganzen Sonntag nur dumm rum wie ein oller Schrumpfballon, mit dem keiner spielen wollte.

Luzi rief an, aber ich hatte keine Kraft dranzugehen. Ständig fragte ich mich, was schiefgelaufen war. Warum hatte Luzi einen Freund? Oder einen Fast-Freund. Und warum hatte sie mir nichts davon erzählt? Ganz tief hinten in einem abgelegenen Winkel meines Gehirns fragte eine kleine Stimme, ob ich mir das nicht denken könne? Aber auch zum Denken hatte ich keine Kraft. Nicht mal als Ole beim Mittagessen über den Tisch griff und sich das unangetastete Tiefkühlpizzastück von meinem Teller schnappte, konnte ich mich wehren.

Aber auch davon bekam Mama mal wieder nichts mit. Langsam wurde das echt gruselig. Als ich klein war, habe ich mal zusammen mit Ole heimlich einen Film angesehen, in dem Außerirdische die Körper von Menschen übernahmen und diese dann bewohnten. Hinterher hat Ole sich dann voll komisch benommen, als würde in ihm auch ein Alien drinstecken, und da musste ich ganz doll heulen. Bei Mama fragte ich mich zurzeit auch, ob von ihr nur noch die äußere Hülle da war, in der jetzt ein Alien hauste.

Nach dem Essen schlurfte ich zurück in mein Zimmer und ließ mich aufs Bett fallen. Sollten die anderen ruhig denken, dass in meinen Körper ebenfalls ein Außerirdischer geschlüpft war.

Es dauerte nicht lange und meine Tür ging auf.

»Bruno da«, verkündete mein kleiner Bruder und strahlte mich an.

Ich hob nur träge den Kopf und murmelte: »Mhm.«

Wenigstens *er* schien gemerkt zu haben, dass es mir nicht gut ging, denn er hatte den ganzen Arm voller Kuscheltiere und Spielzeugautos, die er mir ins Gesicht drückte. Dann krabbelte er aufs Bett hoch, guckte mich aus fünf Zentimetern Entfernung mit seinen runden blauen Augen an, schlang die Ärmchen um meine Taille, so weit es ging, und schob die Hände in meinen Rücken. Das ist seine Vorstellung von Zärtlichkeit. Als ich seine kleinen, klebrigen Finger auf der Haut spürte, musste ich plötzlich losheulen.

»Hast du ein Aua?«, fragte er.

»Ach!«, schniefte ich, »diese bescheuerte Luzi!«

»Lusti«, wiederholte er und sagte immerzu »Ei-ei« und tätschelte mir so fest den Rücken, dass es richtig klatschte. Nach ein paar Minuten war Bruno fertig mit Trösten und trollte sich.

Kurz darauf ging wieder die Tür auf und Ole kam herein.

»He, Panne, alles okay mit dir?«, fragte er.

Ich machte den Mund auf, um »Klaro« zu sagen und ob heute wohl Tag der offenen Tür bei mir wäre, aber dann schwuppste nur ein jämmerliches »Nein« heraus. Danach konnte ich nicht mehr sprechen, weil ich wieder weinen musste. Ich wartete schon auf eine blöde Bemerkung von Ole über Heulsusen, doch stattdessen setzte er sich zu mir auf die Bettkante und legte mir wie dem Tankstellenmädchen den Arm um die Schulter. Ob *er* mir vielleicht die Kunst des Küssens beibringen konnte?, überlegte ich einen Moment lang. Aber dann lächelte er mich aufmunternd an und ich sah die Pizzareste zwischen seinen Zähnen. Rucola und Tomatenschale.

»Was'n los?«, fragte er.

»Ach … ich …« Ich verstummte.

»Geht's um Jungs?«

»Irgendwie schon«, murmelte ich. »Luzi hat … sie hat einen Freund. Wahrscheinlich.«

»Aber das ist doch schön für sie«, meinte Ole.

»Aber für *mich* nicht.«

Er tätschelte mich. Heute war anscheinend Tätscheltag. »Ach, Milly, du findest auch noch einen.«

Ich will doch gar keinen Freund!, hätte ich am liebsten gebrüllt. *Und Luzi soll auch keinen haben. Ich will einfach nur meine Luzi zurück. Und das Problem mit dem blöden Küssen los sein.*

Ole nickte indes nachdenklich. »Du musst einfach ein bisschen Geduld haben, Kleine«, sagte er. »Das wird schon. Weißt du, früher habe ich auch immer gedacht, dass ich nie eine Freundin finde. Als wäre ich eine einzelne Socke und keine passt dazu.«

So wie seine Socken riechen, möchte ich da auch nicht die zweite Socke sein.

Luzi hatte jetzt jedenfalls ihre zweite Socke gefunden. Und ich musste auch dringend einen Jungen zum Knutschen auftreiben. Nur wie und wo? Wohl kaum im Wäschekorb oder im Schrank oder unter einem Klamottenhaufen.

10. Kapitel

… in dem in jeder Hinsicht die Fetzen fliegen

Habe ich schon mal gesagt, dass ich Montag hasse? *Ich hasse Montag!* Und diesen ganz besonders.

Dana hatte jetzt nämlich auch einen Freund. Jonas aus der Achten. Dank meiner Unterstützung und meiner tollen Flirttipps.

»Danke, Milly! Du bist echt ein Schatz. Ich könnte dich küssen«, trällerte sie.

Dann tu's doch, hätte ich sie am liebsten angeschrien. Aber ich lächelte nur und sagte: »Cool. Glückwunsch.«

Wenigstens war zwischen der ollen Flatter und A-lex schon wieder Schluss.

Mit Luzi sprach ich kein Wort. In Gedanken nannte ich sie nur noch »die Verräterin«, weil es so irgendwie nicht mehr ganz so wehtat. Und irgendwie fühlte ich mich dann auch mehr im Recht. – Nur, ist euch das schon mal aufgefallen? Sich im Recht zu fühlen, tut einem im ersten Augenblick voll gut, aber irgendwann merkt man dann, dass es einem eigentlich gar nichts bringt. Momentan befand ich mich noch in der Erster-Augenblick-Phase. Ich war sogar extra eine Viertelstunde eher aufgestanden, um einen Bus früher zu nehmen und Luzi aus dem Weg zu gehen. Im Unterricht ignorierte ich ihr Geflüster, ihre Briefchen und SMS und meldete mich stattdessen ganz viel – bei der Brommer natürlich nicht, denn mit Mathe stehe ich ja auf Kriegsfuß, aber das Fischstäbchen war hoch erfreut.

In den Pausen versteckte ich mich auf der Toilette und drückte immer wieder die Spülung, damit mich keiner heulen hörte. Um mich von meinem Elend abzulenken, stellte ich mich auf den Klodeckel und spähte aus dem Fenster, weil man von dort zur Knutschmauer schauen konnte, und betrieb Kusstourismus. Von meinem geheimen Beobachtungsposten aus konnte ich die Pärchen in aller Ruhe wie ein Tierforscher beobachten. Luzi und Leon waren zum Glück nicht unter ihnen und in mir regte sich Hoffnung: Vielleicht waren sie ja doch gar nicht richtig zusammen? Dafür entdeckte ich die Flatter, die tatsächlich schon mit einem neuen Jungen Händchen hielt und ihn auch küsste, nämlich mit B-Lex. Da wusste man, wer als Nächster an der Reihe war …

Anscheinend hatte auch sie mich gesehen, denn

als der Gong ertönte und ich meine Tür wieder aufsperrte, stand sie plötzlich in ihrem superkurzen Minirock vor mir und drängelte mich zurück in die Kabine.

»Was soll das?«, fauchte ich sie an und versuchte, mich an ihr vorbeizuschieben.

Sie ließ mich nicht durch. »Ich wollte dir nur schon mal Bescheid geben, du alte Gafferin, dass du jetzt jeden Tag was zu sehen kriegst hinter der Knutschmauer«, sagte sie mit einem zuckersüßen Lächeln.

»So, so. Was denn?«, gab ich möglichst desinteressiert zurück.

Ihr Grinsen wurde breiter. »Mich. Beim Knutschen. Und zwar immer mit einem anderen Jungen. Und dann kannst du deinen Platz auf der VIP-Bank zwischen Fi und Dana räumen. Dann sitze ich da wieder.«

»Träum weiter«, sagte ich überheblich, schob sie mit aller Macht zur Kabine hinaus und drückte die Tür wieder zu. Doch in mir brodelte es und am liebsten hätte ich mit meiner Briefkasten-Girl-Hand das Klo kurz und klein geschlagen. Stattdessen warf ich eine ganze Klorolle hinein und spülte, bis die Schüssel überlief.

Nach der Schule passte mich auch noch Luzi ab. »Was ist denn los, Milly?«, fragte sie und versuchte, mit mir Schritt zu halten, aber ich presste nur die Lippen zusammen und marschierte im Stechschritt zum Bus, wo ich mich auf einen Sitz fallen ließ und aus dem Fenster starrte.

Luzi setzte sich neben mich. »He, Milly! Schau mich doch mal an.«

Ich starrte weiter nach draußen.

Sie stupste mich am Ellbogen.

»Lass mich!«, fauchte ich so laut, dass sich die beiden Mädchen vor uns umdrehten, und da ließ Luzi mich in Ruhe.

Als wir in unserem Kaff ausstiegen, wollte ich mich schnell verdrücken, aber Luzi stellte sich mir in den Weg.

»Milly!« Langsam schien sie sauer zu werden. »Was ist los? Jetzt sag schon!«

»Ach, ist es nicht eher so, dass du mir was zu sagen hast?«, fauchte ich.

Luzi sah mich lange an. Dann nickte sie. »Du meinst, dass ich jetzt mit Leon zusammen bin?«

Also doch! Ich schleuderte meinen Schulrucksack auf die Straße. »Bingo«, schrie ich. »Rein zufällig meine ich genau das. Das ging ja schnell. Wieso hast du mir nichts erzählt, hm? Ich dachte, wir sind Freundinnen.«

Luzi schwieg einen Moment lang. »Ich wollte es dir ja sagen …«, begann sie dann leise.

»Und warum hast du's dann nicht?«

»Du hattest ja immer was anderes zu t–«

»So ein Quatsch, keine Zeit. Das dauert zehn Sekunden: ›Ach, übrigens, Milly, ich gehe jetzt mit Leon.‹«

»Ich wollte wirklich mit dir sprechen. Aber das hast du gar nicht gemerkt vor lauter Dana-Darling und Funkel-Fiiii!« Luzis Stimme war jetzt auch laut geworden.

Mein Briefkasten-Girl-Hand ballte sich zur Faust, weil ich ihr am liebsten eine reingehauen hätte. Viel lieber noch hätte ich mir allerdings selbst eine reingehauen. Denn jetzt meldete sich wieder diese bescheuerte Stimme in meinem Hinterkopf und rief mir zu, dass Luzi recht hatte.

»Du bist ja nur neidisch auf mich«, überschrie ich die blöde Hinterkopfstimme.

»Oder du auf mich«, schoss Luzi zurück.

In diesem Moment ging unser Küchenfenster auf und Mama winkte fröhlich heraus. »Milly, Essen ist fertig. Ihr könnt doch nachher noch weiterquatschen.«

Typisch Mama. Natürlich hatte sie mal wieder nichts mitbekommen.

Ich funkelte Luzi an. »Du hast ja gehört: Essen ist fertig«, zischte ich und stolzierte hoch erhobenen Hauptes davon.

Da schwang abermals das Fenster auf. »Deine Schultasche, Milly«, ertönte es von drinnen.

Na klar, das mit der blöden Tasche checkte sie natürlich. »Ganz toll, Mama«, murmelte ich, »danke, dass *du* mich auch noch blöd dastehen lässt.«

Ohne Luzi eines Blickes zu würdigen, drehte ich noch einmal um und schnappte meinen Rucksack. Super Auftritt, Milly! Nicht mal einen coolen Abgang bekam ich hin.

Zu Hause hätte ich die Schultasche am liebsten quer durch die Garderobe geworfen, aber das traute ich mich nicht. Stattdessen zerrte ich zwei Hefte aus dem Rucksack, griff mir das Löschpapier, zerknüllte es und feuerte es an die Wand wie den Frosch im Märchen. Anschließend folgte noch mein neongelber Radiergummi, aber das dumme Ding prallte ab und sprang genau gegen meine Stirn, als wolle es mir den Vogel zeigen. Ich wurde immer wütender. Jetzt hätte ich gerne was auf den Mond geschossen. Und meine außerirdische Mama würde ich gleich hinterherkatapultieren. Da passte sie sowieso besser hin.

Aliens scheinen übrigens einen Hang zur Tiefkühlkost und Fast Food zu haben. Von wegen Mama hatte gekocht: Heute gab es statt Brot und Joghurt mitgebrachten Fraß. Mürrisch schnappte ich mir eine Burgertüte vom Küchentisch, stampfte nach draußen und knallte die Haustür hinter mir zu. Dafür ist so ein Essen ja da. Schließlich stand auf der Tüte: *Take away*. Also *took* ich es mit und ging *away* an die Weiher zum Entenfüttern.

Dort legte ich mich bäuchlings auf den dicken Weidenstamm, der sich so tief über den See neigte, dass die letzten verbliebenen Blätter ins Wasser hingen.

Die Zweige über mir bewegten sich rischelraschelnd im Wind und kitzelten mich im Nacken, als wollten sie mich zum Lachen bringen, doch danach war mir null zumute. Sonst waren Luzi und ich immer zusammen hier und plötzlich fühlte ich mich sehr einsam. Daran änderten auch die vier SMS nichts, die piepsend auf meinem Handy eingingen. Luzis Spezialklingelton war nicht dabei. Also wollten bestimmt nur wieder irgendwelche Leute, die ich gar nicht richtig kannte, einen Rat von mir. Dieser ganze Kussexpertinnen-Mist war ohne Luzi sowieso nicht zu schaffen. Das wusste ich jetzt schon.

Genervt schaltete ich das Handy ab und packte meinen Burger aus. Eine Entenmutter kam mit ihren acht Jungen angeschwommen, die schon ziemlich ausgewachsen waren, und ich fütterte sie mit der Hälfte des labbrigen Brötchens.

»Kannst du mich nicht adoptieren?«, sagte ich zu ihr. »Ich wäre auch gern ein kleiner Vogel. Einfach den ganzen Tag ein bisschen auf dem Weiher rumpaddeln, sich füttern lassen, niemals küssen müssen und ohne schlechtes Gewissen ins Wasser pieseln.« Und reinkackern vermutlich auch, fiel mir auf, und ich zog meine Hand aus dem See zurück. Außerdem mussten kleine Enten den ganzen Tag hinter ihren Geschwistern herschwimmen. Auch nicht so toll, immer einen Ole-Hintern vor der Nase zu haben. Und ob Enten gute Freunde hatten – so wie ich meine

Luzi? Beim Gedanken an sie wurde mein Herz so schwer, dass es mich nicht gewundert hätte, wenn der Ast, auf dem ich saß, abgebrochen und mit mir untergegangen wäre. Sie war nicht mehr *meine Luzi*. Erstens hatte unsere Freundschaft einen Knacks und zweitens hatte sie jetzt Leon. Ob sie den schon geküsst hatte? Auf die Wange? Oder am Ende sogar so richtig? Oh Mann, alle Welt küsste, nur ich nicht. *Ich* redete mit Enten. Ich musste endlich mit meinem Plan vorankommen. Und zwar schleunigst! Sonst wurde ich noch ganz irre.

In meiner Verzweiflung testete ich mit der anderen Hand (also mit der, die nicht im Wasser gewesen war) sogar eine Weile Handrücken- und Handhöhlen-Zungenküsse, aber ich fühlte mich dabei ungefähr so wie das Wasser im See: beschissen. Probiert es selbst mal aus, dann wisst ihr, wovon ich spreche.

Aber der Ausflug zum See war trotzdem für was gut. Denn das mit dem Ins-Wasser-Machen brachte mich schließlich auf eine Idee. Ich sage nur: K.O. in Sicht!

11. Kapitel

… in dem ich einen Plan und Gummibärchen habe, Luft küsse und mit einer Nacktschnecke bade

Ich war bereit. Meine Hände waren gewaschen, die Zähne geputzt, die Gummibärchentüte eingepackt. Wofür das alles?, fragt ihr euch. Tadaaaa: fürs Küssen!

Endlich wusste ich, wen ich küssen würde: Benedikt. Kennt ihr nicht? Kein Wunder. Bene ist ja auch erst neun. Aber das war genau das Gute daran. So konnte er nämlich überhaupt nicht beurteilen, ob ich gut oder schlecht küsste. Und später, in drei, vier Jahren, würde er mir unendlich dankbar dafür sein, dass ich ihn schon in der Kunst des Küssens unterwiesen hatte. So ein Bene war ungemein praktisch. Er machte nämlich immer, was ich wollte. Früher haben Luzi und ich öfter Gift gebraut mit Schnecken und Würmern drin und ganz vielen Blättern und Lehm vom Bach und Essensresten und alten Socken von Ole – und Bene hat es getrunken. Außerdem war mir vor Bene *nichts* peinlich. Es war erst ein paar Jahre her, dass er splitternackt durch unsere Gärten gerannt war, und einmal hatte er ins Planschbecken gemacht und saß da gut gelaunt zwischen den herumschwimmenden Köttelchen. Bene war also um Längen peinlicher als ich. Und das wiederum bedeutete, dass Bene perfekt war.

Oh Mann, war ich aufgeregt.

Als er nachmittags nach den Hausaufgaben in den Garten kam, lauerte ich ihm schon auf. »He, Bene«, rief ich. »Komm mal rüber, ich muss dir was zeigen. Wir haben einen Ameisenhaufen!«

Bene zwängte sich zwischen den Thujen durch ein Loch im Zaun, das angesichts unserer riesigen verwilderten Gärten außer uns noch keinem aufgefallen war. Ich lotste ihn hinter ein hohes, dichtes Gestrüpp.

»Wo ist denn jetzt das Ameisennest?«, fragte er.

Ich drehte mich einmal um die eigene Achse und guckte überall auf dem Boden herum. »Komisch, gerade war es noch da. Hm«, machte ich und zuckte die Schultern. »Vielleicht waren es Flugameisen und jetzt sind sie ausgeflogen. Aber ich hab eine Idee: Ich zeig dir was viiiiiiel Besseres!«

Ich ging ganz nah zu ihm hin. Sollte ich einfach ohne Vorwarnung meinen Mund auf seinen drücken?

In mir stieg ein irres Kichern hoch. Ich versuchte,

es hinunterzuschlucken, weil Kichern und Knutschen, das geht nicht gleichzeitig. Aber das Kichern war stärker als ich, und ich prustete und hustete, bis mir die Tränen kamen.

Bene war inzwischen einige Schritte vor mir zurückgewichen und sah mich mit gerunzelter Stirn an.

»Da ist gar kein Ameisenhaufen, stimmt's?«, fragte er.

Gar nicht so doof, der Kleine. »Stimmt«, sagte ich. »Ameisenhaufen sind was für Babys. Aber du bist ja schon groß. Deshalb wollte ich dir was anderes zeigen.«

»Ein Vogelnest? Eine tote Maus? Ein Dinosaurierskelett?«

So viel zum Thema *schon groß*. Ich schüttelte den Kopf. »Nee, wie man küsst. Super oder?«

Auf seinem Gesicht erschien ein seltsamer Ausdruck. Fassungslos. So guckt Papa immer, wenn er uns erzählt, dass er einen Patienten hatte, der schon seit zehn Jahren nicht mehr beim Zahnarzt gewesen ist.

»Das muss man können, wenn man zehn ist«, erklärte ich. »Das gibt es ab der Fünften als Schulfach. Da stehst du sonst schön blöd da, wenn du dich nicht auskennst.«

Er wirkte noch immer nicht überzeugt.

Mit dieser Reaktion hatte ich gerechnet. Also zog ich meinen Trumpf aus dem Ärmel – oder vielmehr aus der Hosentasche: die Gummibärchen. Ich hielt ihm die Tüte hin. »Hier. Die sind für dich, wenn du mitmachst.«

Es waren Gummifrösche. Die mochte er besonders gern.

Seine Augen leuchteten auf. »Gut«, sagte er. »Ich mach's.«

»Okay, dann schön stillhalten. Achtung!« Ich beugte mich zu ihm. Unsere Nasen berührten sich.

»Leg den Kopf nach links«, kommandierte ich.

Bene schielte auf die Tüte in meiner Hand. »Wenn's sein muss.«

»Es muss.«

Er spitzte die Lippen. Mann, Mann, Mann, der machte echt alles falsch, was man falsch machen kann, weil zu sehr Lippen spitzen soll man nicht, aber die würde ich ihm schon platt walzen.

Jetzt wusste ich nicht, was ich mit meinen Armen anfangen sollte. Die hingen so blöde seitlich weg. Und als ich noch näher rückte, stieg ich ihm auf den Fuß.

»Komm, wir setzen uns lieber hin«, schlug ich vor.

Sollte uns wie Ilonka und den Medikus die Leidenschaft davonspülen, war Sitzen vermutlich sowieso besser. Außerdem heißt es ja immer, dass es einem wie wild im Bauch kribbelt und man furchtbar weiche Knie bekommt. Ich stellte mir vor, wie Bene unter meinem Kuss zusammenbrach und ich gleich hintersackte.

»Okaaaay«, sagte Bene gedehnt und nahm mir gegenüber im Schneidersitz Platz.

Ich rutschte zu ihm rüber und kam seinem Gesicht ganz nahe. Oh, sah das komisch aus. Wie ein Alien. Deshalb schloss man also beim Küssen die Augen, wurde mir klar. Weil es einfach dämlich aussah. Augen zu!, befahl ich mir selbst. Doch nun hörte ich alle Geräusche überlaut. Über uns im Baum tschilpte eine Amsel, irgendwo raschelte was im Laub unter den Hecken, vorne auf der Hauptstraße fuhr gerade der Bus durch, ich glaubte, Schritte zu hören, und mein Puls wummerte.

Ich presste die Augen noch fester zu und reckte den Hals vor wie eine Schildkröte. Weiter und weiter. Was war denn da los? Wo war Benes Mund? Fest entschlossen rückte ich nach und drückte einen Schmatz ... ins Leere.

Ich riss die Augen auf.

Aber da war kein Bene.

Da war null Komma null Bene.

Ich sprang auf und sah, dass ein paar Äste der Hecke schwankten, wo er gerade eben durch das Loch im Zaun gekrochen sein musste.

Ich schob die Thujen auseinander. »Bleib da, du Schisser!«, schrie ich ihm hinterher. »Badewannenpupser! Planschbeckenkacker!«

Doch Bene drehte sich nicht um. Stattdessen rannte er noch schneller. Also so schlecht hatte ich meine

Sache doch nicht gemacht, dass man gleich Reißaus nehmen musste, oder?

Da stand ich nun. Über mir im Baum zwitscherte wieder die Amsel, als wolle sie mich auslachen, und die Büsche raschelten schadenfroh. Bene sah ich gerade noch im Haus verschwinden. Nicht mal die Gummibärchen hatte er mitgenommen, so eilig hatte er es gehabt. Und das konnte nur eins bedeuten: dass ich eine entsetzlich schlechte Fastküsserin war!

Umso erstaunlicher war jedoch, dass es bei mir trotzdem total kribbelte und prickelte. Es kribbelte sogar wie verrückt. Allerdings nicht im Bauch, sondern an den Füßen, den Beinen und am Po sowieso. Ich streckte die Hand aus, um mich zu kratzen, und stieß ein Quieken aus.

Ameisen! Überall wuselten Ameisen auf mir rum. Von wegen *da ist gar kein Ameisennest*!

Laut kreischend schüttelte und rüttelte ich mich wie Rumpelstilzchen persönlich, riss mir die Jeans vom Leib und hopste im Zickzack durch den Garten. Da half nur eins, schoss es mir durch den Kopf: Brunos Planschbecken. Das stand seit August unter unserer großen Kastanie – der, in die Paps das Baumhaus gebaut hat – und keiner hatte es ausgeleert. Es war ganz grün und glitschig und veralgt. Egal. Mit einem Hops hechtete ich hinein und suhlte mich wie ein Nilpferd im Matsch.

Mama kam aus dem Haus und winkte mir im Vorbeigehen zu. »Da hat aber jemand gute Laune«, rief sie lachend und verschwand weiter hinten im Garten.

Danach lag ich eine Weile im eiskalten Wasser und sah einer toten Nacktschnecke zu, die friedlich neben mir dümpelte. Auf einmal musste ich wieder an die Giftsuppe denken, die wir Bene früher immer verabreicht hatten. Was ich heute mit ihm gemacht hatte, war auch nicht viel besser.

Bene war eben doch nicht das perfekte K.O. Ich musste das irgendwie anders angehen. Ich brauchte jemanden, der wusste, wie der Hase lief. Einen Kussexperten. Wie gerne hätte ich das jetzt mit Luzi besprochen. Ob sie mir Leon vielleicht mal ausleihen würde, wenn ich mich wieder mit ihr versöhnte?

In diesem Moment kam Monster angetrottet und schnüffelte erst an mir und dann an der Schnecke herum.

»Ach, Monster«, seufzte ich und hievte mich aus dem Planschbecken. »Dieser Bene ist echt voll das Baby. Schnuller-Gummibärchen hätten besser zu ihm gepasst. Stell dir vor: Ich biete ihm die einmalige Gelegenheit, küssen zu lernen, und was macht er? Rennt heim zu seiner Mami.«

Monster sah mich an und stupste mit der Schnauze die Schnecke an.

Dann überkam mich ein furchtbarer Gedanke. Was, wenn Bene mich bei eben jener Mami verpetzte? Und was, wenn eben jene Mami zu meiner Mama lief und es weiterpetzte? Oder Frau Rauschmann davon Wind bekam?

Mein Hals wurde eng. Küssen mit Unterzehnjährigen – bekam man dafür Probleme? Oder musste man zur Therapie? Schlotternd rannte ich zum Tatort zurück und holte die Gummibärchentüte. Um die Spuren zu verwischen, stopfte ich sie mir auf einmal in den Mund (nicht die Tüte, sondern die Gummibärchen). Danach war mir so schlecht, dass ich beim Abendessen nichts runterbekam. Aber ich verpasste nichts, denn diesmal gab es Reis mit ganzen Tomaten und Gewürzgurken oben drauf.

12. Kapitel

… in dem ich mit Schlinger-Dingern Fußball spiele und beschließe, nie wieder Pferdepo zu sein

Im Unterricht bekam ich immer weniger mit, weil ich nachts schlecht schlief – und noch schlechter träumte. Dafür lag ich in der Schule oft mit dem Kopf auf der Tischplatte und in Mathe döste ich sogar einmal ein, und Luzi musste mich mit dem Ellbogen anstoßen, um mich zu wecken und mir das korrekte Ergebnis vorzusagen. Bruchrechnen, Present Perfect oder die Unterschiede im Paarungsverhalten zwischen Kammmolchen und Teichmolchen interessierten mich zurzeit einfach null Komma null.

Was ich allerdings mitbekam, war, dass eines Morgens jede freie Wand unserer Schule mit schwarzen Halloweenplakaten gepflastert war, vor denen sich die Schüler richtiggehend drängelten. Dass ich am Tag nach Halloween Geburtstag hatte, interessierte kein Schwein. Überhaupt hatte ich das Gefühl, dass das Interesse an meiner Person in letzter Zeit ein wenig zu wünschen übrig ließ. Vielleicht lag es daran, dass meine Beratungs-SMSen ohne Luzis Hilfe nicht mehr so witzig und prägnant waren? Nur, wie soll man bitte schön witzig sein, wenn einem eher nach Heulen ist? Vielleicht spürten die anderen aber auch unterbewusst, dass mein Kuss- und Liebeswissen doch eher theoretischer Natur war.

Seit Dana mit Jonas ging und nicht mehr ständig an mir dranhing, war jedenfalls auf einmal ein Platz auf der VIP-Bank neben mir frei. Da hätte sich ja jetzt Luzi hinsetzen können, aber das wollte sie gar nicht so oft.

Sie spielte in den Pausen meistens mit Leon Tischtennis oder hielt mit ihm Händchen. Für meinen Geschmack hingen die beiden viel zu viel zusammen. Wenn wir nach der Schule an der Haltestelle standen, wartete Leon immer noch mit ihr, bis der Bus kam, und bestritt allein die ganze Unterhaltung mit irgendwelchen Witzen und Sprüchen. Wenn wir endlich im Bus saßen, hatten Luzi und ich zweiundzwanzig Minuten nur für uns allein, doch seit unserem Streit war irgendwie der Wurm drin. Zwar redeten wir wieder miteinander, aber nicht so wie früher. Oberflächlicher. Mit weniger Lachen. Und wir saßen auch nicht auf derselben Bank nebeneinander, weil uns das irgendwie zu eng erschien so Po an Po, sondern suchten uns Viererplätze, wo man sich gegenüber sitzen konnte.

An diesem Morgen jedoch versammelten sich in der Pause alle um die VIP-Bank, sogar die Jungs. Es ging um die Halloweenparty.

»Eigentlich ist die Feier erst ab der Mittelstufe«, erklärte Leon Luzi und mir, »aber die richtig coolen Leute aus der Sechsten gehen trotzdem hin.«

»Wie soll das funktionieren, wenn die Party ab der Siebten ist?«, fragte ich und kam mir dabei leicht dämlich vor.

Fi grinste. »Na, bis zur Unkenntlichkeit verkleidet natürlich.«

»Allerdings sollen dieses Jahr die Kontrollen strenger werden«, schaltete die Flatter sich ein. »Letztes Jahr waren nämlich siebzehn Schüler mehr auf der Feier als es überhaupt Schüler in der Mittelstufe gab. Das weiß ich von meiner Mama. Die ist mit der Brommer befreundet.«

Daraufhin herrschte einen Augenblick Stille und mir lief ein Kribbeln bis in die Zehenspitzen.

»Aber davon lassen wir uns nicht abschrecken?«, sagte ich und es klang wie eine Frage.

Dana und Fi nickten wie Wackeldackel.

»Die Party ist *das* Event des Schuljahres«, sagte Fi.

»Da wird getanzt bis zum Umfallen und geknutscht bis um Mitternacht«, ergänzte Dana.

Ich nickte mit ihnen mit. »Davon werden wir uns

auf keinen Fall abschrecken lassen«, wiederholte ich, und diesmal klang es nicht wie eine Frage.

In den nächsten Tagen gaben wir unseren Stammplatz auf der VIP-Bank auf – und Tanja sogar ihren Stammplatz hinter der Knutschmauer – und hingen auf dem Gang vor der großen Aula herum, wo die Party stattfinden würde. Dort beobachteten wir die Oberstufenschüler, wie sie große Kisten und Kartons und dicke schwarze Stoffballen anschleppten. Einmal rollten sie irgendetwas fast zwei Meter Hohes hinein. Doch es war nicht zu erkennen, was es war, weil sie ein riesiges Betttuch darüber gebreitet hatten. Hinter ihnen ging jedes Mal sofort die Tür zu, und dann konnten wir sie drinnen rumoren und lachen und hämmern hören, bis uns die Lehrer wieder nach draußen scheuchten.

Fi und Dana überlegten ständig hin und her, als was sie sich verkleiden sollten, und Tanja-Janja drängte sich furchtbar in den Vordergrund: erst mit ihrem ach so tollen Sexy-Hexe-Kostüm, und dann setzte sie sich einfach auf *meinen* Platz auf der VIP-Bank und behauptete, sich mit Knutschen viel besser auszukennen als ich. Fi und Dana nahmen links und rechts von ihr Platz. Sonst saß immer ich in der Mitte.

»Und dann hat mir Felix plötzlich die Zunge in den Mund geschoben«, flüsterte Tanja so laut, dass jeder sie gut verstehen konnte. »Und danach noch an meiner Unterlippe genuckelt.«

»Wie ein Baby oder was?«, rief ich dazwischen. Ich grinste in die Runde, aber die anderen schienen mich gar nicht zu hören und die Flatter zog nur spöttisch die Augenbraue hoch und redete einfach weiter.

Und am nächsten Tag standen alle um Tanja herum und bewunderten ihre neuen Schuhe. High Heels nämlich. Auch die muss man natürlich mit dem englischen Begriff benennen. Stöckelschuhe tragen nur noch Omas und Mamas. Auf jeden Fall machte die Flatter ein Riesen-Trara um sich und tat, als wäre sie bei *Germanys Next Top Model* oder mindestens bei einer Misswahl.

Mit den hohen Absätzen sah sie aus wie ein Flamingo, fand ich. Die haben ja auch so lange, dürre Beine. Und überhaupt sind High Heels die dämlichsten Schuhe der Welt. Man kann damit nicht rennen. Man kann damit nicht hüpfen. Nicht mal richtig laufen kann man damit – zumindest Tanja nicht. Doch außer mir schien das keiner zu merken. Als es gongte, schlingerte sie mit den Knien voran über den Pausenhof, als wäre sie ein Schiff im Sturm, und auf der Treppe in den dritten Stock musste sie sich krampfhaft am Geländer festklammern. Jetzt wäre es nicht schlecht gewesen, wenn sie wirklich Flügel gehabt hätte.

Auf der vorletzten Stufe passierte es dann. Sie

knickte um und verlor den Schuh. Der holperte und polterte die Stufen hinab direkt vor meine Füße.

Wäre Tanja-Janja ein nettes Mädchen, hätte ich ihn aufgehoben und zu ihr hochgebracht, wo sie nun tatsächlich wie ein dämlicher Flamingo auf einem Bein stand. Aber sie war kein nettes Mädchen, und deshalb war ich auch keins und versetzte dem Schuh blitzeflitzeschnell einen kleinen Tritt und schickte ihn noch weiter die Treppe hinab. Hi, Heel, und bye-bye, Heel!

Ich sah dem Stöckelmonster hinterher, dessen Absatz ein verräterisches Knacken von sich gab, bis es ein Stockwerk tiefer vor Luzi landete. Sie fing meinen Blick auf und kickte den Schuh noch weiter nach unten, und als Leon sie fragend ansah, sagte sie nur: »Huch«, und dann lächelten wir uns durch die Stäbe des Treppengeländers an.

An diesem Tag setzte ich mich im Bus direkt neben Luzi. Während wir von unserem Platz aus gemeinsam zusahen, wie die Flatter mit einem abgebrochenen Absatz auf ihren Schlinger-Dingern nach Hause humpelte, flüsterte ich ganz leise: »Frieden?«

Luzi atmete erleichtert aus. »Frieden!«

Dann umarmte sie mich plötzlich ganz fest, und ich war so froh, wie schon ganz, ganz lange nicht mehr. »Kannst du glauben, dass ich echt ein bisschen eifersüchtig auf dich gewesen bin?«, fragte ich, als wir uns schließlich beruhigt hatten.

Luzi sah mich mit großen Augen an. »Auf mich?«

Ich nickte. »Immerhin bist du jetzt schon geküsst!«, sagte ich.

Luzi kicherte. »Dafür hast du aber schon mal Schluss gemacht.«

Später fragte ich Luzi, ob wir nachmittags was zusammen unternehmen wollten, doch sie hatte sich schon mit Leon verabredet.

»Wir können ja auch was zu dritt machen«, meinte sie.

Ich nickte eifrig. »Küssen? Du, das wäre super, wenn du mir Leon mal zum Üben ausleih–« Ich verstummte, als ich ihren entgeisterten Gesichtsausdruck bemerkte. »Scherz«, sagte ich schnell. »Äh, wir könnten zusammen zu den Pferden gehen.«

Luzi wiegte den Kopf hin und her. »Hm, Leon findet Pferde nicht so prickelnd. Wie wär's mit dem Weidenbaum am See?«

Diesmal schüttelte ich den Kopf. »Nö, das ist unser Geheimplatz. Ins Kino vielleicht?«

Doch nun schüttelte Luzi wieder den Kopf. »Leon mag nur Ballerfilme.«

Ich überlegte. Leon schien ja ganz schön langweilig zu sein. Wie Luzi es die ganze Zeit mit ihm aushielt, war mir schleierhaft.

»Die Eisdiele?«

»Au ja.« Sie wirkte erleichtert.

Und ich fragte mich, ob man mit Jungs ausschließlich Eis essen gehen konnte. Da konnte sich wenigstens jeder seine eigene Geschmacksrichtung aussuchen.

Aber ich hatte mich getäuscht, denn die beiden mussten natürlich wieder ein Eis zusammen essen … Ich muss euch nicht beschreiben, wie das ging. Das kennt ihr schon. Und ich auch.

Ich wusste gar nicht, wo ich hinsehen sollte, wenn die zwei so einträchtig rumschlabberten und sich verliebt anguckten. Außerdem wusste ich nicht, was ich sagen sollte. Das war mir mit Luzi noch nie passiert.

Leon dagegen schien sich für diesen Fall vorbereitet zu haben, denn er hatte jede Menge Witze auf Lager, die er einen nach dem anderen vom Stapel ließ, wobei er zum Schluss auch noch meine Sommersprossen ins Visier nahm.

»Kennt ihr den?«, rief er. »Was haben Milly und eine alte Banane gemeinsam? Lauter braune Punkte, haha!«

Luzi entfuhr ein Kichern, das genauso blöd war wie das von der ollen Flatter. Fehlte nur noch, dass sie wegen dem Typen anfing, mit Trippelschritten zu laufen und Flügelbewegungen zu machen.

Ich funkelte sie an und das Kichern blieb ihr im Hals stecken. »Ich mag Sommersprossen«, sagte sie schnell. »Es heißt doch auch: ›Ein Mädchen ohne Sommersprossen ist wie ein Himmel ohne Ster–‹«

Leon ließ sie nicht ausreden, sondern schoss schon den Spruch »Sommersprossen, Sommersprossen sind vom Umtausch ausgeschlossen« aus seiner Witzekanone.

Da hatte ich endgültig genug. Ich schob meinen Stuhl zurück.

»Viel Spaß noch euch beiden«, knurrte ich. »Vielleicht fallen euch ja noch ein paar Witze zu euch selbst ein.« Damit rauschte ich davon.

»He, Milly«, rief Luzi mir nach, »jetzt sei nicht gleich eingeschnappt. Leon macht doch nur Spaß! Er hört jetzt damit auf. Stimmt's Leon, du hörst jetzt auf? Bleib doch noch, Milly. Bitte!«

Aber ich drehte mich nicht mehr um.

Zu Hause ging es genauso weiter. In dem Versuch, mir nichts anmerken zu lassen, erzählte ich beim Abendessen das Erstbeste, was mir in den Sinn kam, nämlich dass ja bald Halloween war.

Ole griff das Thema dankbar auf. Er erklärte sich zum Tomatenvampir und saugte laut schmatzend eine Tomate aus.

»Ich auch!«, rief Bruno, der natürlich sofort versuchte, es nachzumachen, und eine Riesensauerei veranstaltete.

»Und du?«, fragte Ole mich. »Gehst du als Panne? Blutüberströmt und mit verrenkten Gliedern?«

Mussten eigentlich alle blöde Witze auf meine Kosten machen?

An diesem Abend konnte ich lange nicht einschlafen. Irgendwie bekam ich das alles noch nicht auf die Reihe. Tanja und ihr neuer Status in der Klasse, die Sache mit den High Heels, Luzi und ihr Witze-Leon und dazu noch diese verflixte Kussgeschichte. Ich nahm das Wölfchen von meinem Nachttisch und las ungefähr zum tausendsten Mal den Artikel über mich. Das tat ich immer, wenn ich Trost brauchte. Ich konnte ihn inzwischen schon auswendig. Vor allem die zwei letzten Sätze über mich: »Wie schön, dass Milly jetzt bei uns ist. Sie ist eine echte Bereicherung.« Aber so richtig besser fühlte ich mich trotzdem nicht.

Danach blätterte ich noch eine Weile im Stadtmagazin WOLF, das einmal pro Woche erschien, und träumte davon, auch darin einen Artikel zu bekommen. Dann wäre mein Ruhm in der Klasse schnell wieder hergestellt.

Und vielleicht lag es an meiner Bettlektüre, aber in dieser Nacht ging ich im Traum endlich mal wieder über einen roten Teppich. Nein, ich ging nicht, ich schwebte. Und zwar auf eine Bühne zu, über der ein riesiges pinkfarbenes Banner hing. *Miss K…*, konnte ich noch entziffern, dann verschwamm alles, weil ich zu nah dran war. Als ich über den Orchestergraben hinwegglitt, ertönte ein Tusch, und auf der Bühne empfing mich ein Moderator, der Ähnlichkeit mit einem Fischstäbchen hatte und von Kopf bis Fuß paniert war. Galant reichte er mir die Hand und rief: »Einen Applaus für die bezaubernde Milly! Und hier kommen meine Assistentinnen, die Zwillinge Tanja und Janja, mit der Schärpe für die diesjährige Gewinnerin.«

Sofort eilte Tanja in doppelter Ausführung über den roten Teppich heran. Wo ich soeben noch würdevoll geschwebt war, gerieten die Flattern auf ihren halbmeterhohen Stöckeln ins Stolpern. Der Teppich bockte und schlug Wellen und die beiden fuchtelten mit den Armen wie zwei wild gewordene Windmühlen. Doch es half nichts: Sie fielen synchron der Länge nach auf die Nase. Das Publikum kreischte vor Lachen, während sie Kopf voran geradewegs auf den Orchestergraben zuschlitterten, der sich vor meinen Augen in eine Jauchegrube verwandelte. *Pflatsch!*, machte es. Und noch mal *Pflatsch!*

»Diese zwei Oberschusselchen. Alles muss man selbst machen.« Der Moderator seufzte. »Herzlichen Glückwunsch, Milly, zur Wahl der Miiiiiiss …« Er zog es in die Länge wie einen Zwei-Kilo-Kaugummi.

Eine Miss-Wahl? Wie war ich denn da reingeraten? Und was für eine Miss sollte ich werden? Miss Kuhdorf?

»Kiss!«, schrie der Moderator da.

Miss Kiss? Mir wurde ganz flau im Magen. Hatte ich richtig gehört? Statt mir die Schärpe umzuhängen, mit der die beiden Flattern im Orchestergraben verschwunden waren, kam er mit seinem Mund immer näher und wollte mich … küssen!

Aaaaah!

Ich wachte auf und war völlig verschwitzt. Eine Weile saß ich im Bett und wartete, bis sich mein Herzschlag wieder beruhigt hatte. Was für ein bescheuerter Traum! Und was für ein genialer Name: *Milly Kissinger – Miss Kiss.* Das passte perfekt. Erschöpft ließ ich mich zurück aufs Kissen sinken. Es raschelte seltsam. Ich schaltete die Nachttischlampe an und sah, dass ich auf dem WOLF eingeschlafen war. Mit gerunzelter Stirn zupfte ich ein abgerissenes Blatt von meiner heißen Wange ab – es waren die Kleinanzeigen aus der Rubrik *ER sucht SIE*.

In diesem Moment ging der Wecker an und mir ein Licht auf. Jetzt war Schluss mit Schiss, jetzt kam …

… Miss Kiss!

13. Kapitel

… in dem ich ein ganz und gar nicht wunderbares Date mit einer Fritte habe und von einem Pudel angebaggert werde

Ich hatte es getan!

Nein, nicht, was ihr denkt. Ich hatte nicht geküsst, aber lange konnte es nicht mehr dauern. Weil ich nämlich eine supercoole Anzeige im supercoolen Szenemagazin WOLF aufgegeben hatte. Per SMS:

Suche dich zum Küssen, weil wir alle mal küssen müssen!

Dann hatte ich noch mein Alter angegeben (na gut, ein bisschen hatte ich dabei geschummelt) und reingeschrieben, dass Interessenten sich unter meiner Handynummer bei mir – Achtung, jetzt kommt's – *Miss Kiss* – melden sollten. Genial oder? Briefkasten-Girl wäre stolz auf mich. Anscheinend wurde ich doch langsam erwachsen, und ausnahmsweise fühlte es sich mal gut an.

Und siehe da, noch an dem Tag, als die neue Ausgabe des WOLFs erschien, meldete sich einer und wollte mich noch am selben Abend um sechs treffen.

Ich war so ... so alles auf einmal und alles total: total nervös, total neugierig und total erleichtert, weil mein Geburtstag inzwischen gefährlich nahe gerückt war.

Fritte nannte sich der Typ. So hieß doch kein Mensch. Aber gut, wahrscheinlich war es auch kein echter Name und Fritte war nur nicht so genial im Decknamenausdenken wie ich. War auch nicht wichtig. Hauptsache, er konnte küssen und er wollte mich treffen. Und zwar nicht in einer Pommestüte, nein: in einer richtigen Bar mit dem wunderbaren Namen *Wunderbar.*

Als Erkennungszeichen – das hätte ich total vergessen – hatte Fritte den WOLF und eine Blume vorgeschlagen. Überhaupt schien er ziemlich cool zu sein, wenn er Bars mit so schönem Namen kannte. Bis auf den Decknamen also alles super.

Nur Luzi durfte ich davon auf keinen Fall erzählen, die würde mich für bescheuert halten und Zeter und Mordio schreien, weil das alles viel zu gefährlich war.

Natürlich hatte sich auch bei mir nach der ersten Begeisterung mal wieder meine ungeliebte Hinterkopfstimme gemeldet, die diesmal erstaunlich nach Luzi klang.

»Du kannst dich doch nicht einfach mit einem wildfremden Jungen treffen«, sagte die Stimme.

»Wie soll ich ihn denn sonst kennen*lernen*?«, gab ich in Gedanken zurück. »Und außerdem: Was ist das für ein beknacktes Wort: *wildfremd*?«

»Jetzt keine Haarspaltereien, Milly«, erklärte die Luzi-Hinterkopfstimme. »Es geht hier nicht um beknackte oder coole Wörter, sondern um –«

»Ums Küssen«, übertönte ich sie. Und das hatte Luzi ja wahrscheinlich schon. Und so lange kannte sie Leon auch noch gar nicht.

Doch so schnell ließ sich Luzis Stimme in meinem Kopf nicht unterkriegen. »Aber das könnte genauso irgendein erwachsener Mann sein. Ein Perser.«

»Das heißt Perverser«, schoss ich zurück. »Was soll bitte schön schon passieren mit einem stinknormalen Jungen namens Fritte?«

»Was passieren soll? Was passieren soll?«, regte sich die Stimme auf. »Da könnte alles Mögliche passieren. Er könnte dich entführen. Oder … oder …«

»Klar, am helllichten Tag in einem Café. Und jetzt Klappe.«

Und da schwieg die Hinterkopfstimme endlich beleidigt, und ich machte mich daran, zu googeln, wo diese Wunderbar war, und mir was richtig Tolles zum Anziehen rauszusuchen. Schließlich hatte ich geschrieben, ich wäre dreizehn. Da hieß es also, sich ein bisschen älter zu machen. Unauffällig wühlte ich mich im Schlafzimmer meiner Eltern durch Mamas Kleiderschrank. Manchmal ist es auch gut, wenn sich keiner um einen kümmert.

Eine halbe Stunde später tauchte ich mit einem dunkelblauen T-Shirt mit Glitzerpailletten wieder auf. Es war mir zwar am Ausschnitt viel zu weit, aber dann würde ich es eben über die eine Schulter rutschen lassen. Das sah verrucht aus.

Kurz vor halb fünf Uhr zog ich mir meine Jeansjacke über, um das Glitzershirt darunter zu verbergen, und sagte, ich würde noch zu Luzi rübergehen und dass es spät werden könnte.

Mama nickte nur und drückte mir flüchtig so ein Mama-Backen-Bussi auf die Wange.

Ich grunzte. Aus dem Alter war ich raus. Ich wollte keine lautschmatzigen Bussis, ich wollte einen Kuss.

»Nimm dir einen Hausschlüssel mit und sei bitte um neun wieder zu Hause«, sagte sie. »Ich bin heute Abend nicht da und Papa ist auch unterwegs.«

Manchmal ist es sogar sehr gut, wenn sich keiner um einen kümmert.

Mit einer großen Tasche bewaffnet verließ ich das Haus. Im Vorgarten riss ich noch eine violette Aster ab und bog dann zur Bushaltestelle ab, wo ich mich hinter dem Wartehäuschen verschanzte. Ich kramte einen Spiegel aus der Tasche, trug ausführlich Lipgloss und Wimperntusche auf und klatschte mir auch ein bisschen Parfüm drauf. Als ich mich im Spiegel betrachtete, war ich sehr zufrieden mit dem, was ich sah. Das war nicht Milly Panne, das war Miss Kiss. Und dass unter der Blume und dem WOLF in meiner Tasche mein Teddybär Herr Müller lag, musste ja keiner erfahren.

So, nun konnte es losgehen.

Von wegen losgehen! Ich musste dringend mit Mama und Papa sprechen, denn ich hatte allen Ernstes über eine Dreiviertelstunde in die Stadt gebraucht, weil der bescheuerte Bus ewig nicht kam. Ich meine, wie soll das gehen, wenn ich groß bin, so fünfzehn oder sechzehn, und mein eigenes Leben führen will? Also entweder kaufen sie mir auch ein Moped wie Ole oder sie engagieren einen Privat-Chauffeur oder mieten mir ein kleines Apartment in der Stadt.

Eine Stunde später betrat ich mit heißen Wangen und heißen Füßen vom vielen Laufen und Rennen durch einen schweren schwarzen Samtvorhang die Wunderbar.

Trotz allem war ich ein paar Minuten zu früh dran. Ich sah mich um. Drinnen war es schummrig. Mir gegenüber befand sich eine Theke, die sich an der kompletten Wand entlangzog und über der ein ganzer Sternenhimmel von winzigen, funkelnden Spots glitzerte. Auf den Tischen standen kleine Papiertüten, in denen Teelichter brannten, und aus unsichtbaren Lautsprechern drang Musik, die jedoch vom Stimmengewirr der Gäste übertönt wurde.

Ich entdeckte einen leeren Tisch ganz hinten vor einer violetten Wand mit goldenem Rankenmuster und ließ mich in ein tiefes Sofa fallen. Dann packte ich meinen WOLF aus und legte ihn gut sichtbar auf den Tisch und die Blume oben drauf. Sie war etwas verknickt und ich ordnete die ausgefallenen Blütenblätter rundherum neu an.

Von meinem Platz aus hatte ich alles gut im Blick: die Tür, die Theke, die Jungs an den Tischen. Obwohl, hier waren eigentlich keine Jungs. Hier waren nur Männer. Und jetzt kam einer auf mich zu. War das Fritte? Zu Hilfe!

Ich ließ mich tiefer ins Sofa sinken, bis mein Kopf fast unter der Tischkante war, aber er sah mich trotzdem.

»Weißt du schon, was du willst?«, fragte er.

»Hä?«

»Was möchtest du?«

Einen Kuss! Was fragte er denn so blöd. Das wusste er doch.

»Na, zu trinken!« Langsam klang er ungeduldig.

Ach so. Das war ein Kellner. Mann, war ich erleichtert. »Einen Ku… äh … eine Cola«, verbesserte ich mich im letzten Moment. Paps ist total gegen Cola. Das besteht zur Hälfte aus Zucker und ist äußerst aggressiv zu den Zähnen, sagt er. Aber Paps ist bestimmt auch gegen Sich-mit-fremden-Jungs-zum-Knutschen-Verabreden.

Der Kellner blieb unschlüssig bei mir stehen. »Bist du allein hier?«

»Nee«, sagte ich. Hier waren doch massenhaft Leute. Hatte der keine Augen im Kopf?

»Gut.« Er nickte und ging.

Nervös guckte ich zur Tür und merkte kaum, wie ich meiner Blume auch noch die restlichen Blütenblätter ausrupfte. »Er küsst mich. Er küsst mich nicht. Er küsst mich. Er küsst mich nicht«, murmelte ich vor mich hin, bis der Kellner wiederkam.

»Bitte sehr, die Dame, Ihr Drink«, sagte er und zwinkerte mir zu.

Wie alt er wohl war? Nicht der Kellner oder der Drink, sondern die Fritte. Dreizehn? Vierzehn? Oder vielleicht sogar fünfzehn? Hoffentlich hatte er gute Zähne. Hätte ich das in die Anzeige reinschreiben sollen? *Welcher Junge mit gutem, plombenfreiem Gebiss will mit mir knutschen?*

Trotz der Anspannung musste ich kichern. Ja, das hätte Paps gefallen. Ich nippte an meiner bösen, großen Cola. Doch plötzlich blieb mir das Kichern samt Cola im Halse stecken und wurde zu einem trockenen Röcheln.

Ürgh!

Denn die Tür war wieder aufgegangen. Und jemand war hindurchgegangen. Und dieser Jemand hat den WOLF unterm Arm klemmen und eine gelbe Rose in der Hand. Und der war nicht dreizehn. Und auch nicht vierzehn. Und weit entfernt von fünfzehn.

Ich kannte ihn. Ich kannte diesen Bauchansatz, das Rund-um-den-Mund-Bärtchen und dieses Kordjackett.

Das Fischstäbchen. Ich hatte ein Date mit meinem *Deutschlehrer*!

Ohgottohgottohgott! *Der* wollte mich küssen? Das musste ein Albtraum sein! Ich zwickte mich, doch ich wachte nicht auf.

Er ließ den Blick durch den Raum schweifen.

Die Blume musste weg. Weil ich nicht wusste, wohin damit, steckte ich sie mir in den Mund. Ich muss sagen, Aster sieht schön aus, aber schmeckt blöd. Die wäre gut geeignet zum Giftmischen. Ich schluckte, während sich das Fischstäbchen noch immer umguckte. Gleich würde er mich entdecken. Hektisch packte ich den WOLF und ließ ihn in meiner Tasche verschwinden und ich selbst verschwand auch. Allerdings nicht in der Tasche.

In einer einzigen fließenden Bewegung ließ ich mich unter den Tisch gleiten. Die Bewegung war sogar so dermaßen fließend, dass ich mich umgehend nass fühlte. Colageruch breitete sich aus. Na super, jetzt hatte ich auch noch mein Glas umgehauen und es tropfte mir vom Tisch in den Nacken. Mit weit aufgerissenem Mund fing ich die letzten Tropfen ein. Cola sollte man nie verkommen lassen.

Und nun?

Ich musste hier raus und zwar unauffällig. Nur wie sollte das gehen? Mein Tisch befand sich in der hintersten Ecke. Das waren locker zehn Meter bis zur Tür. Und das Fischstäbchen trug zwar eine dicke Brille, aber komplett blind war er bestimmt nicht.

Da half nur eins: kriechen, krabbeln, kreuchen und fleuchen. Mit einer Hand presste ich meine Tasche an mich und machte mich wie ein dreibeiniger Hund auf den Weg von einem Tisch zum anderen.

Zum Glück war es zappenduster hier unten. Die erste Etappe bewältigte ich gut, doch nun wurde es kniffelig. Der nächste Tisch war besetzt. Es befanden sich vier Schuhe darunter, und wenn ich da einen anstieß, dann gute Nacht.

Wie durch ein Wunder gelang es mir, mich unbemerkt zwischen Tisch-, Stuhl- und Menschenbeinen hindurchzuschlängeln. Die ganze Zeit über ging mir das Fischstäbchen nicht aus dem Kopf. War wirklich *er* mein Date gewesen? Oder hatte ich das in den falschen Hals bekommen? Den WOLF las ja die halbe Stadt. Und vielleicht war er einfach mit einer Frau – und damit meine ich nicht *mich* – verabredet und wollte ihr eine Rose schenken. Ja, so musste es sein. Einen Moment lang erwog ich, mein Versteck aufzugeben, aber dann beschoss ich, mich doch lieber unbemerkt aus dem Staub zu machen. Sicher war sicher.

Unter dem übernächsten Tisch erwartete mich jedoch eine unliebsame Überraschung. Da hockte nämlich zu allem Übel auch noch ein weißer Pudel und glotzte mich an. Habe ich schon mal gesagt, dass ich Pudel albern finde? Vor allem, wenn sie so penibel geschoren und frisiert sind, wie dieser es war. Er dagegen schien sich auf mich zu freuen und hechelte mir entgegen.

Ich sah mich um, doch es gab keinen anderen Weg. Ich musste genau hier durch. Also quetschte ich mich heimlich, still und leise neben ihn und drängte mich an ihm vorbei. Der Pudel heftete sich an meine Fersen.

»Weg da«, zischte ich. »Aus. Sitz. Pfui!«

Doch der dauergewellte Köter ließ nicht von mir ab. Er schien mich offenbar für eine potenzielle Eroberung zu halten und schnüffelte interessiert an meinem Hinterteil. Poschnüffeln ist noch bescheuerter als Zungenküssen. Am liebsten hätte ich ihm mit meinem Hinterlauf … äh … Bein eins verpasst oder ihn fies angeknurrt, aber dann hätte der dumme Pudel bestimmt gekläfft oder mich verfolgt und dabei seine Leine samt Stuhl und Herrchen mitgenommen, und das wäre mein Untergang gewesen – falls man überhaupt noch tiefer sinken konnte.

Also ignorierte ich seine plumpen Annäherungsversuche und kroch stur weiter. Irgendwann spannte des Pudels Leine und er konnte mir nur noch nachsehen. Ich zeigte ihm den Stinkefinger.

Die letzten beiden Tische vor der rettenden Tür waren ebenfalls belegt. Ich schnaubte genervt. Wenn mir jetzt noch irgendjemand einen Fußtritt verpasste, dann würde ich beißen. Volle Knäcke in die Wade rein.

Das Fischstäbchen hatte ich aus den Augen verloren, denn irgendwie wurden es immer mehr Beine. Gerade ging die Tür wieder auf und neue Leute kamen herein. Ein Typ in Cowboystiefeln mit Sporen dran und hautenger Biker-Lederhose und eine Frau mit feuerroten hochhackigen Schuhen, schwarzen Netzstrümpfen und einer korallenroten Handtasche betraten das Lokal.

Ich musste kichern. Was für ein Pärchen! Äh … Moment mal, die hatte ja die gleiche Handtasche wie meine Mutter! Und unter ihrem kurzen schwarzen Kleid guckten genauso dünne Waden und spitze Knie raus wie die von meiner Mama. Das war ja witzig. Die musste ich mir genauer ansehen.

Doch als ich vorsichtig unter dem Tisch hervorlugte, verging mir das Grinsen. Und sogar die Lust auf Bellen und Beißen. Stattdessen gab ich einen Laut von mir, der einem Winseln ziemlich nahe kam. Die Frau, die inzwischen an die Bar gestöckelt war, hatte nicht nur die Handtasche, die Knie und den Gang von meiner Mama, das *war* meine Mama.

Fragte sich nur, wer dieser Kerl mit der Lederjacke und dem Motorradhelm neben ihr war! Das Auffallendste an ihm waren jedoch seine Haare: lang und mähnig und ein bisschen wirr. Sein Gesicht konnte ich nicht erkennen, weil er mit dem Rücken zu mir stand. Und dann beugte er sich zu ihr, legte ihr eine Hand in die Taille und die andere auf den Hinterkopf und küsste sie. Mitten ins Gesicht!

Mein Herz raste, als würde es Autorennen fahren. Selbst mir Kuss-Nullchecker war klar, was ich hier vor mir sah: einen langen, tiefen, ausführlichen Zungenkuss.

Hatten jetzt eigentlich alle eine Schraube locker?

Eine Weile saß ich wie betäubt unter dem Tisch und starrte vor mich hin. Dann fuhr ich wie von der Tarantel gestochen hoch. Ich wollte nur noch weg. Ich rappelte mich auf, schlug mir dabei furchtbar den Hinterkopf an und hechtete mit ein paar großen Schritten durch den Samtvorhang, noch ehe die an der Bar sich umdrehen konnten.

Und dann rannte ich. So schnell, dass meine Schritte und mein Keuchen das Chaos in meinem Kopf übertönten. Erst jetzt fiel mir auf, dass ich meine Cola nicht gezahlt hatte, aber ich drehte nicht um.

Auf der Heimfahrt im Bus hörte ich dermaßen laut Musik über meine Headphones, dass der Mann vor mir die ganze Zeit den Kopf schüttelte. Und da drehte ich noch ein bisschen lauter.

Später im Bett tat mir der Kopf furchtbar weh, aber mein Herz noch viel mehr. Die Beule am Scheitel konnte ich zwischen den Haaren mit den Händen ertasten. Die Beule an meinem Herzen konnte ich nicht ertasten. Aber sie war da, das spürte ich genau, und tausendmal größer als die am Kopf.

Die ganze Nacht konnte ich kein Auge zutun. Das ist eigentlich ein Schwachsinns-Ausspruch. Weil *zu* hatte ich die Augen natürlich schon, sogar ganz fest zusammengepresst, aber schlafen konnte ich trotzdem nicht, weil ich immerzu an Mama und Papa denken musste. Mein Kissen war schon ganz feucht – an der einen Ecke vom Reinheulen, an der anderen vom Reinbeißen. Jetzt war mir auch klar, warum Mama die ganze Zeit so abwesend wirkte. Sie war mit ihren Gedanken bei diesem … diesem Lederhosenpupser, Cowboystiefelkäsefuß, Zungenknutscher.

Außerdem lauschte ich ständig auf Sirenen. Bestimmt kam die Polizei mich bald mit Blaulicht abholen. Etwas nicht bezahlen ist ja wie stehlen.

Mir wirbelten tausend Fragen durch den Kopf. Konnte man für eine geklaute Cola ins Gefängnis kommen? Kam es von der Aster, dass mir so übel war? Waren die giftig? Und: Stand das Fischstäbchen nun auf Dreizehnjährige? Da war ich mir nicht hundertprozentig sicher. Eines war mir inzwischen jedoch glasklar. Meine Luzi-Hinterkopfstimme hatte recht gehabt: Dieses Blind Date war voll die Schnapsidee gewesen.

In dieser Nacht träumte ich nichts. Aber manchmal – das wusste ich jetzt – war nichts träumen sogar noch schlimmer als Unsinn träumen.

14. Kapitel

… in dem meine Probleme immer mehr werden

Wie kam es eigentlich, dass meine Probleme immer mehr wurden statt weniger – konnte mir das mal einer verraten? Und apropos verraten: Sollte ich meinem Paps das mit Mama erzählen? Oder sollte ich Mama zur Rede stellen?

Am nächsten Morgen schlich ich mich ins Schlafzimmer meiner Eltern und guckte Paps an. Sein eines Ohr war abgeknickt und er hatte den Mund offen und blies beim Ausatmen die Luft mit einem ganz, ganz leisen Röcheln aus. Nein, es ging einfach nicht. Ich konnte ihn nicht unglücklich machen. Sonst zerplatzte seine strahleweiße, blitzezahnige, plombenlose Welt mit einem lauten Knall.

Oh, wie ich ihn hasste, diesen miesen, fiesen Gruftirocker! Und auf meine Mama hatte ich auch eine Sauwut.

Schnell stahl ich mich aus dem Schlafzimmer und huschte ins Bad. Dort spülte ich Mamas Rouge im Klo runter, schmierte mir ihre teure Gesichtscreme auf den Po, und nachdem ich ihre Zahnbürste eine Weile betrachtet hatte, beschloss ich, meine Zehenzwischenräume damit zu reinigen. Ja genau, die *Zehen*zwischenräume. Das war schon lange mal nötig und ging echt prima. Eigentlich erstaunlich, wie viele Dinge man für Sachen verwenden kann, für die sie gar nicht da sind: die Zunge. Die Zähne. Die Zahnbürste.

»Na, wie war's gestern mit Luzi?«, fragte auf einmal Paps' Stimme hinter mir.

Ich fuhr herum und ließ Mamas Zahnbürste hinter meinem Rücken verschwinden. »Oh … äh … öh«, stammelte ich.

»So genau wollte ich es gar nicht wissen«, meinte er lachend und wuschelte mir über den Kopf. Er hatte beste Laune, mein lieber, lieber, armer Papa. Heute ärgerte mich nicht mal, wie er beim Zähneputzen übertrieben den Mund aufriss und die hellgrüne Zahnpasta-Spucke-Mischung am Stiel der Bürste runterlaufen ließ.

Mama fand ich dafür ganz besonders zum Kotzen, als sie eine Viertelstunde später im Bademantel in die Küche kam und Paps einen schallenden Schmatz auf die Wange drückte. Obwohl er selbst nicht frühstückte, hatte er inzwischen Kaffee gekocht und sogar extra für sie Brötchen aufgebacken. Das tat mir so leid, dass ich hätte heulen können.

Und sie? Strahlte ihn an, sagte »Danke« und trank, als wäre nichts passiert. Ihre Schluckgeräusche machten mich wahnsinnig. Sie war so verlogen!

Als Paps ihr einen Abschiedskuss gab, packte ich die Gelegenheit beim Schopf, trank heimlich ihren Kaffee halb leer und schüttete in den Rest eine kräftige Portion Salz. Dann schnappte ich mir ein trockenes Brötchen und floh in die Schule, weil ich ihren Anblick nicht mehr ertrug.

Nur dass dort schon das Fischstäbchen wartete, der alte Rosenkavalier und Möglicherweise-Möchtegern-Knutscher. Obwohl ich mir nicht sicher sein konnte, ob ich recht hatte, spürte ich, wie ich mich verkrampfte, als er in der vierten Stunde mit einem fröhlichen »Hallo, Kinder!« hereinkam. Weil dreizehnjährige Mädchen anmachen, das wäre echt das Allerletzte und voll gruselig! Und selbst wenn er mit jemand anderem verabredet war, mit einer Frau: Ich meine, der Typ war locker Ende zwanzig und damit ja wohl voll der Opa. In seinem Alter sollte man an Küssen nicht mal mehr denken. Da kann man froh sein, wenn man noch ein paar echte Zähne im Mund hat. Aber so einfach ist die Welt wohl nicht. Das sah man ja an meiner Mama. Und die war sogar *noch* älter.

Zu allem Überfluss hielt auch noch die Flatter ein

Referat. Sie hatte sich irgendeinen preisgekrönten Jugendroman ausgesucht, die Schleimerin. Ich hing auf meinem Stuhl und wünschte mir, sie würde endlich aufhören zu labern, weil ich ihre Klugscheißerstimme ganz schlecht aushielt.

Stattdessen beobachtete ich die ganze Zeit das Fischstäbchen. Obwohl die Flatter sich heute wieder mal in ihren kürzesten Rock und ihr engstes Oberteil gezwängt hatte, sah er sie kaum an, sondern studierte interessiert und ausführlich das Arbeitsblatt, das sie ausgeteilt hatte, und machte sich ab und an Notizen an den Rand. Zwischendrin warf er ein paar Schülern, die tuschelten, einen Blick zu, der vermutlich streng sein sollte, aber eher flehend wirkte und die gewünschte Wirkung verfehlte. Je länger ich darüber nachdachte, desto sicherer wurde ich mir, dass das gestern nur ein dummer Zufall gewesen sein konnte. Er war die Harmlosigkeit in Person. In die Augen konnte ich ihm heute trotzdem nicht schauen, also betrachtete ich seinen Mund. Der ging auf und zu und im Mundwinkel dehnte sich ein bisschen Spotze. Grauenhaft! Wenn ich mir vorstellte, den küssen zu müssen …

Luzi stupste mich an.

Jetzt erst hörte ich die Worte, die aus Fischstäbchens Mund kamen:

»Komm bitte nach vorne. Du stellst uns ja heute auch ein Buch vor. Was hast du dir gleich wieder ausgesucht?« Er guckte mich an. Und nicht nur er, sondern auch der Rest der Klasse.

Ein Buch? Ausgesucht? Vorstellen? Wovon sprach er?

»Hallo, jemand zu Hause?«, fragte er und winkte herüber.

Ich drehte mich um, aber hinter mir war keiner. Ach so, der meinte *mich*?

»Äh, ja«, stottere ich. »Klar kann ich mir vorstellen, mir mal ein Buch auszusuchen.«

In der dritten Reihe kicherte Fi und reckte den erhobenen Daumen in meine Richtung und Dana zwinkerte mir zu. Sie hielten das Ganze für einen Witz und dachten, ich veräpple das Fischstäbchen. Nur Luzi sah mich besorgt an. Die hatte kapiert, dass ich keinen Plan hatte.

Die Buchvorstellung! Ja richtig, ich hatte mir ein Vampirbuch ausgesucht, über das ich ein Referat halten wollte. Nur leider war ich übers Aussuchen nie hinausgekommen. Nicht mal mehr an den Titel konnte ich mich erinnern. Wie auch? Ich hatte das Ding schließlich nicht gelesen. Aber was sollte ich jetzt erzählen?

»Ähm, ich habe mich kurzfristig umentschieden«, erklärte ich. »Das mit den Vampiren war … war mir zu bissig. Ich kann doch kein Blut sehen.«

Die anderen kicherten wieder, und ich wünschte, Tanja hätte doch nicht zu reden aufgehört.

Das Fischstäbchen zog die Augenbrauen zusammen und machte mir Zeichen, endlich aufzustehen. »Komm jetzt nach vorne, Milly. Wir haben sowieso nur noch eine Viertelstunde, also los geht's.«

Umständlich erhob ich mich und band mir die Schuhe neu. »Hast du keine Notizen?«, fragte das Fischstäbchen.

»Nö, ist alles hier drin.« Ich deutete auf meinen Kopf, während ich extra langsam zur Tafel schlurfte und noch einen Umweg übers Waschbecken machte. *Zeit gewinnen, Milly.* Was konnte ich denn bloß vorstellen? Das Einzige, was ich in letzter Zeit gelesen hatte, waren die *Bravo*, die *Mädchen* und die *Sugar*. Aber irgendwie hatte ich das Gefühl, Zeitschriften würden beim Fischstäbchen nicht ganz so gut ankommen. Ach, da war doch noch das Buch aus dem Regal meiner Eltern!

Ich räusperte mich. »Ich stelle euch heute *Im Spiegelsaal der tausend Küsse* vor«, sagte ich und tat, als hätte ich das erstaunte Japsen des Fischstäbchens nicht gehört. »Die Geschichte spielt irgendwann in grauer Vorzeit in Frankreich und die Hauptperson ist die schöne Gräfin Ilonka, eine blutjunge Ungarin. Und dann hat sie noch immer zwei Begleiter dabei, die *ihre beiden hübschen Lieblinge* genannt werden und in ihrem Mieder sitzen. Das muss wohl so eine Art Käfig sein oder so, und die Lieblinge sind kleine Haustiere, schätze ich. Jedenfalls ist die Ilonka mit einem französischen Grafen verheiratet, der steinalt, ultrafett und schwerkrank ist und den sie gar nicht besonders mag. Stattdessen verliebt sie sich in den Leibarzt ihres Mannes, einen berühmten Medikus. Als der Graf immer kränker wird, wachen die beiden viele Nächte am Bett des alten Dickerchens und führen tiefschürfende Gespräche über das Leben, die Liebe und den Tod. Eines Nachts tanzt sie Schaschlik für den Arzt – das ist ein ungarischer Volkstanz. Und der Medikus hat gerne heiße Lenden. Also, anscheinend tanzen und futtern die da ganze Nächte durch, während der Olle neben ihnen vor sich hinröchelt …« Ich zuckte mit den Schultern und grinste. Eigentlich lief mein Vortrag gar nicht schlecht, fand ich. Ich redete ohne Punkt und Komma, ohne Gestammel und Ähms und Ähs.

Dann erzählte ich noch ein bisschen weiter von dem Tanz und wie die beiden sich schließlich im Spiegelsaal tausend Küsse gaben. Das restliche Buch hatte Ilonka dann Angst, dass der Graf wieder gesund werden würde. Aber zum Schluss wurde alles gut: Der Dicke kratzte ab und Ilonka heiratete den Medikus und sie ließen sich ein ums andere Mal von ihrer Leidenschaft davonspülen. Ein »was immer das auch heißen soll« verkniff ich mir, denn ich galt schließlich als Expertin in Sachen Liebe.

Aber als ich zum Fischstäbchen rüberguckte, war ich mir sowieso nicht sicher, ob er überhaupt in der

Lage gewesen wäre zu antworten. Sein Kopf war ganz ungesund rot wie der des alten Grafen, und er machte nur ein paarmal den Mund auf und zu wie ein Fisch, der nach Luft schnappt. Die Spucke in seinen Mundwinkeln war eingetrocknet. Wahrscheinlich war sie ihm von meinem hervorragenden, flüssigen, gänzlich freien Vortrag im wahrsten Sinne des Wortes weggeblieben.

»Fertig«, sagte ich stattdessen und sah ihn triumphierend an.

Im Klassenzimmer war es eigenartig still. So still wie noch nie. Keiner räusperte sich. Keiner kicherte. Nicht mal ein Papierrascheln oder Kuli-Klickern.

Das Fischstäbchen schluckte. Und dann sagte er doch was: »Das ist nichts für Elfjährige.«

Und da rastete in meinem Kopf irgendetwas aus, und ich konnte nur erschrocken zuhören, wie aus meinem Mund die Worte rauspurzelten: »Elfjährige sind auch nichts für Dreißigjährige, Sie Fisch mit Fritten.«

In diesem Moment rettete mich der Pausengong. Ich schnappte mir meinen Rucksack, rannte aus dem Klassenzimmer, Treppen und Treppen und nochmals Treppen hinunter, über den Pausenhof und zur gegenüberliegenden Bushaltestelle.

Mist, der Bus kam erst in zwanzig Minuten. Aber hier konnte ich nicht bleiben. Da würden sie mich sofort finden. Also lief ich durch die Stadt.

Sonst gucke ich gerne Schaufenster und Leute, aber an diesem Tag hatte ich keine Lust darauf. In die Geschäfte traute ich mich auch nicht hinein, weil ich das Gefühl hatte, auf meiner Stirn stünde ganz groß »Blaumacherin« – direkt unter »Cola-Diebin« – auch wenn in den Schaufensterscheiben nichts davon zu sehen war, wenn ich mich darin spiegelte.

Ich bog um eine Ecke und fand mich plötzlich vor der Wunderbar wieder. Wie angewurzelt blieb ich stehen. Ob ich reingehen sollte, um nachträglich meine Cola zu bezahlen, oder lauerte da drin schon die Polizei auf mich? Beamte in Zivil, die unauffällig an einem Getränk mit Strohhalm schlürften oder sich hinter einer Zeitung versteckten, in die sie ein Loch gebohrt hatten?

Nach kurzem Zögern drehte ich mich um und ging. Der Wind wirbelte welke Blätter auf, und ich half ihm, indem ich mitten durch die zusammengekehrten Laubhaufen ging und wild mit den Füßen kickte.

Zweimal piepste mein Handy – Luzi versuchte, mich anzurufen. Aber ich hatte keine Lust, mit ihr zu reden. Ich wollte mit niemandem reden. »Wir sehen uns morgen«, simste ich ihr, damit sie nicht einen Suchtrupp nach mir ausschickte.

Als ich eine Stunde zu früh nach Hause kam, begrüßte Monster mich schwanzwedelnd. Ansonsten war alles still. Bis das Telefon anfing zu klingeln. Ich ging nicht dran. Eigentlich war ich um diese Zeit ja noch gar nicht da. Nach dem fünften Klingeln sprang der Anrufbeantworter an.

Es war das Fischstäbchen, das meine Mutter um einen Rückruf bat. Noch während ich den Anrufbeantworter löschte, läutete es schon wieder. Dieselbe Nummer. Als es zum dritten Mal klingelte, zog ich den Stecker aus der Buchse. Das war ja Fischstäbchentelefonterror! So, jetzt war er kaltgestellt. Das hatten meine Eltern nun davon, dass sie sich partout kein modernes kabelloses Telefon zulegen wollten.

Kurz vor halb zwei hetzte Mama herein. »Wo kommst du denn schon her?«, fragte sie, als sie mich sah, und kickte die roten Stöckelschuhe von den Füßen.

»Früher ausgehabt«, murmelte ich. »Und wo kommst du *erst* her? Und wo ist Bruno?«

»Einkaufen«, erwiderte sie, »Also, *ich* war einkaufen. Und Bruno ist bei Oma und Opa. Die haben ihn heute direkt von der Tagesmutter abgeholt. So, und wir bestellen uns jetzt eine schöne Pizza.«

Aber ich frage euch: Gehen eure Mamas mit roten High Heels zum Einkaufen? Und kommen ohne Tüten und Taschen zurück? Und zum Mittagessen wird dann Pizza bestellt?

Mama nahm den Telefonhörer ab, wollte wählen und stockte. »Was ist denn da los?«, murmelte sie und guckte den Hörer an, schüttelte ihn und lauschte noch einmal. »Die Leitung ist tot.« Sie nahm das Kabel in Augenschein, überprüfte, ob es richtig fest im Hörer steckte, und entdeckte schließlich, dass es aus der Buchse hing. Eine Weile wurstelte sie unter dem Beistelltisch herum, dann erklärte sie: »So, jetzt müsste es wieder gehen.«

Und wie zum Beweis klingelte es auch schon.

Oh!

»Kissinger?«, sagte meine Mama und gleich darauf: »Hallo, Herr Fistab.«

Oh-oh!

Dann sagte sie lange nichts mehr. Dafür anscheinend das Fischstäbchen umso mehr.

»Gut«, meinte sie irgendwann. »In Ordnung. Nächsten Montag um neun. Wunderbar … ja.«

Ich erstarrte. Was? Sie wollten sich treffen? In der Wunderbar? Das durfte doch nicht wahr sein! Wollte er jetzt meine Mama knutschen oder wie?

Ich hatte genug gehört. Gerade wollte ich nach oben in mein Zimmer flüchten, als Mama auflegte.

»Milly, bleib mal da«, rief sie.

Ich drehte mich um. »Was denn?«

»Wieso war das Telefonkabel gezogen?«, fragte sie.

»Hä?«, machte ich, weil Sichdummstellen ist immer gut.

»Und warum ist der Anrufbeantworter gelöscht?«, fragte Mama weiter.

»Wie?«

Mama baute sich vor mir auf. »Stell dich nicht dumm, Milly. Ich möchte wissen, wo du heute Vormittag warst. Und lüg mich nicht an.«

»Heute Vormittag?«, fragte ich zurück, denn einfach das zuletzt Gesagte wiederholen ist auch eine gute Option. Papageienmethode nennt sich das. Dann gibt es übrigens noch die Raketenmethode (hochgehen und explodieren) und die Briefkasten-Girl-Methode (reinhauen nämlich). Aber das ging bei Mama schlecht …

»Genau. Heute Vormittag.« Sie nickte und sah mich an.

»In der Schule.«

»Und wo noch?«

»Wo noch?«, echote ich.

»Emily Anne!« Mama sprach ganz leise. Das bedeutete Gefahr im Verzug. »Ich weiß selbst, was ich gefragt habe. Also, wo warst du noch?«

Ich zuckte mit den Schultern. »Nirgends.«

»Nirgends kann man nicht sein. Man ist immer irgendwo. Ich will jetzt die Wahrheit wissen.«

Und da fragte ich Mama, wo *sie* heute Vormittag wirklich gewesen war und ob sie eigentlich einen anderen Mann als Papa küssen würde.

Sie sah mich entgeistert an und schüttelte den Kopf. »Natürlich nicht.«

Also beschloss ich, ihr auch nicht die Wahrheit zu sagen, sondern verschränkte die Arme und machte mein Sturbockgesicht.

»Weißt du eigentlich, was passiert, wenn Kinder einfach nicht zur Schule gehen oder von dort abhauen – also außer, dass es vermutlich einen Verweis setzt?«, fragte Mama. »Dann kommt die Polizei und bringt sie höchstpersönlich hin.«

Polizei? Bei mir gingen die Alarmglocken an. Die suchte mich ja sowieso wegen der Cola. Nein, so leicht wollte ich es denen nicht machen. Aber Mama auch nicht. Deshalb sagte ich nichts, sondern presste nur die Lippen zusammen und sah sie an, ohne zu zwinkern.

Mama kniff genervt die Augen zusammen. »Gut. Wie du willst, Milly. Dann denkst du jetzt in aller Ruhe über dein Verhalten nach und solange gibt es auch keine Übernachtungsparty zu deinem Geburtstag.«

Fast wäre ich ihr um den Hals gefallen. Sie hatte ja keine Ahnung, dass sie mir damit einen Riesengefallen tat. Damit sie den Stein nicht hörte, der mir vom Herzen plumpste, rannte ich schnell nach oben und heulte künstlich laut.

Zwanzig Minuten später klingelte der Pizzamann.

Unser Mittagessen verlief sehr schweigsam. Mama war mit den Gedanken mal wieder wer weiß wo und ich war mit den Gedanken bei Mama. Wo sie sich heute wohl rumgetrieben hatte? Und mit wem? Eigentlich hätte ich ihr mal hinterherspionieren sollen, nur wie sollte das funktionieren, wenn sie mit dem Auto wegfuhr? Im Fernsehen würde dann ein

Taxi um die Ecke kommen und ich würde hineinspringen und rufen: »Folgen Sie dem Wagen da vorn.«

Aber im echten Leben kamen keine Taxis, und in unserem Dorf im Normalfall nicht mal ein Bus, den man kapern konnte.

15. Kapitel

… in dem doch ein Taxi kommt

Am nächsten Tag hätte ich am liebsten blaugemacht, um dem fiesen Fischstäbchen zu entgehen und Mama zu beschatten, aber das ging ja nicht, weil mich die Polizei sowieso schon auf dem Kieker hatte.

Als ich das Klassenzimmer betrat, machte die Flatter ihren lippenstiftpinken Mund auf, um was Doofes zur Begrüßung zu mir zu sagen, aber nach dem Auftritt gestern war ich wieder der Star. Alle wollten sich das Buch von mir ausleihen und jeder wollte es natürlich als Erster haben. Fi und Annabel gerieten deswegen fast in Streit, doch ich konnte sie beruhigen, weil wir das Buch ja in rauen Mengen rumstehen haben, und da fanden sie mich gleich noch viiiiel toller. So richtig genießen konnte ich das allerdings nicht, weil ich mich den ganzen Vormittag über fragte, was Mama wohl gerade machte.

Auf dem Heimweg im Bus setzte sich Luzi zu mir.

Heute hatte sie ausnahmsweise einmal nicht bis zur letzten Sekunde mit Leon Händchen gehalten. »Was war denn gestern wirklich los?«, fragte sie leise, und da hätte ich fast losgeheult. Einen Moment lang überlegte ich, ob ich ihr das mit meiner Mama erzählen sollte, aber irgendwie brachte ich es nicht fertig. Wenn ich jetzt laut darüber sprach, wurde es noch viel wirklicher.

»Wie läuft's mit Leon?«, fragte ich stattdessen.

»Gut«, sagte sie.

Dann schwiegen wir. Luzi und ich hatten noch nie miteinander geschwiegen. Wir hatten immer etwas zu quatschen. Ach Mann, warum lief alles nur so schief?

Luzi schien es ähnlich zu empfinden, denn sie wechselte plötzlich das Thema. »Sag mal, wie ist das eigentlich auf der Halloweenparty mit Verkleidung?«, fragte sie. »Hast du schon eine Idee?«

»Weiß nicht.« Ich stieß genervt die Luft aus.

Luzi schien mein pferdiges Schnauben falsch zu deuten, denn da kam es auch schon: »Wir könnten doch …«

Nein, sag's nicht, Luzi. Am liebsten wäre ich durchgegangen. Aber wo soll man in einem Bus hinrennen?

»… zusammen als Pferd gehen.« Sie lächelte mich aufmunternd an.

»Wir könnten aber auch mal was anderes machen«, meinte ich vorsichtig.

Einen Moment lang spiegelte sich Verwirrung auf ihrem Gesicht, dann begann sie zu nicken. »Wie wär's mit Kamel?«

»Äh ...«

»Oder Elefant? Oder ...«

»Lu-zi.« Meine Stimme wurde laut und ein bisschen nölig. Ich merkte es selbst, konnte aber nicht anders.

»Ich will kein Hintern mehr sein. Egal, von welchem Tier.«

»Aber ...«

»Nix aber. Das ist doch eine Scheißverkleidung für Halloween. War es schon immer.«

»Willst du damit sagen, du warst nicht gerne Pferd mit mir?« Sie sah mich mit ihren blauen Augen an, die noch runder und größer waren als sonst.

»Na ja«, druckste ich herum.

»Ja oder nein? Sag schon. Das muss ich doch wissen.«

»Nein.« Ich schüttelte den Kopf.

»Warum hast du es dann nicht früher gesagt? Musst du mir doch sagen, wenn dir was stinkt.«

»Sagen, sagen, sagen. Muss, muss muss«, äffte ich sie nach. »Ich muss gar nix. Außer aufs Klo.« In meinem Bauch brodelte es und in meinem Kopf herrschte ein Riesenkuddelmuddel. Da war das Fischstäbchen drin, das mit meiner Mutter in die Wunderbar wollte, Mama, die auf andere Männer stand, Bene, der vor meinem Kuss davonrannte, und die Polizei, die nach mir fahndete. Und da machte Luzi wegen so ein bisschen fehlendem Hinterteil so einen Aufstand?

»Außerdem wird's da drin immer schweineheiß und man kann nicht richtig tanzen«, schob ich hinterher. »*Und*: Es mufft.«

»Pferde riechen eben ein bisschen komisch«, meinte Luzi.

Ich spürte, wie eine heiße Welle in mir hochstieg. Mein Hals wurde ganz eng und dann explodierte ich. »Du bist schon fast so witzig wie dein Leon!«, rief ich.

»Wie meinst du das?«, fragte Luzi, und ihre Augen wurden schmal.

»Ach, der macht ständig irgendwelche Witze auf meine Kosten und du kicherst nur dazu.«

»Unsinn«, verteidigte sich Luzi. »Ich hab ihm gesagt, er soll damit aufhören.«

Das stimmte, aber ich war zu sauer, um das jetzt zuzugeben. »Soll *der* doch deinen Arsch machen«, fauchte ich. »Da muss er sich gar nicht verkleiden.«

Luzi schnappte nach Luft. Dann drehte sie sich zum Fenster und den Rest der Fahrt auch nicht mehr zu mir zurück. Als wir ausstiegen, ging sie davon, ohne noch etwas zu sagen.

Danach herrschte zwischen Luzi und mir wieder Funkstille. Dafür riefen alle anderen an und simsten und mailten. Ständig hallten heisere Handy-Geierschreie durchs Haus. Alle wollten, dass ich auf die Halloweenparty kam, und alle wollten wissen, als was ich mich verkleidem würde.

Ich ging nicht dran. Ich stellte mich tot. Wisst ihr, wie das geht? Man legt sich auf den Boden, streckt Arme und Beine von sich und atmet möglichst flach. Das mache ich manchmal auch mit Bruno, bis er heult. Ihr findet das gemein? Ich finde es nur fair. Früher hat Ole das nämlich auch mit mir gemacht, und da ist es doch wohl klar, dass ich das jetzt weitergebe.

Also platzierte ich mich mitten in meinem Zimmer auf dem Boden, ließ den Mund halb offen stehen und die Zunge blöd raushängen. So lag ich eine Weile da.

Sonst dauert es meist keine Minute, bis Bruno mich findet, aber heute kam er nicht. Irgendwie machte es gar nicht so viel Spaß, wenn keiner an einem rüttelte und heulte. Und überhaupt hatte ich, wenn ich genauer darüber nachdachte, eigentlich gar keine Lust darauf, Bruno zu ärgern. Das war ein schlechtes Zeichen. Ob es vielleicht wirklich mit mir zu Ende ging? Gut sah ich in letzter Zeit jedenfalls nicht aus. Vom vielen Schlafmangel und den Kuss-Albträumen, die mich Nacht für Nacht verfolgten, hatte ich immer Augenringe, so groß und schwarz wie Autoreifen.

Ich seufzte ein bisschen und stellte mich dann weiter tot. So tot, dass ich einschlief.

An diesem Nachmittag träumte ich, dass ich wirklich tot war. Bene, der Schisshase, stand an meinem Grab, guckte in das Loch runter und hatte ein furchtbar schlechtes Gewissen. Luzi war in ihrer Verkleidung als Pferd da. Sie weinte wiehernd und ihr Hinterteil hing komisch schlaff herunter.

»Sollen sie ruhig flennen«, dachte ich im Traum. Dann sah ich meinen Grabstein. *Hier ruht Milly Kissinger, ungeküsst*, stand darauf.

Mit einem erstickten Röcheln schreckte ich hoch. Nein! So weit durfte es nicht kommen. Ich würde auf diese verdammte Party gehen und jemanden knutschen. Völlig unerkannt. Weil ich mich irre gut verkleiden würde. Und zwar als Zombie. Die kenne ich von Ole, der mir früher immer damit Angst eingejagt hat, nachdem ich nicht mehr auf die Nummer mit dem Totstellen reingefallen bin. Abends vor dem Einschlafen hat er mir gern von Untoten erzählt und ihren schlurfenden Gang vorgemacht, die erhobenen Hände zu Klauen gekrümmt. Diese Verkleidung passte perfekt. Da musste ich mich gar nicht groß anstrengen, denn die Augenringe hatte ich ja schon.

Ich wollte gerade aufstehen, um mich gleich nach einem Kostüm umzusehen, aber dann kam alles anders: nämlich Mama herein. Sie kniete sich zu mir auf den Teppich und tat, als wäre sie ein Tier, das an einem Kadaver herumschnüffelt. Erst schnupperte sie an meinem Knie, dann am Arm. Als ich ihre Nase und ihren warmen Atem an meinem Hals spürte, hielt ich es nicht mehr aus und musste kreischen. Das kitzelte vielleicht!

»Könntest du heute Nachmittag auf Bruno aufpassen?«, fragte sie mich, als ich wieder unter den Lebenden weilte. »Ich habe einen Termin in der Stadt. Aber es wird nicht allzu lange dauern, versprochen.«

Ich tat ein bisschen genervt, damit sie keinen Verdacht schöpfte, aber innerlich war ich in heller Aufregung. Das war meine Chance und die würde ich nutzen!

Während Mama sich fertig machte, rüstete ich Bruno und mich mit dunklen Sonnenbrillen und dunklen Jacken aus. Wir zogen uns Mützen tief in die Stirn und Schals bis übers Kinn hoch. Und wir hatten Geld. Viel Geld. In meiner Umhängetasche steckten mein rosarotes Miss-Piggy-Sparschwein und Oles dunkelgrüne Geldsocke.

Was ich damit wollte? Na, das Taxi bezahlen, das ich bestellt hatte. Ich rettete schließlich unsere Familie. Da konnte Ole ruhig was beisteuern.

Als Mama das Haus verließ und die Dorfstraße davontuckerte, rasten Bruno und ich um die nächste Ecke, wo tatsächlich wie abgemacht das Taxi wartete.

Ich riss die hintere Tür auf. »Folgen Sie dem Wagen da vorne«, rief ich hinein, während ich begann, Bruno hektisch in den Kindersitz zu stopfen.

Zu meinem Verdruss stieg die Taxifahrerin, deren Kopf mit hellgrünen Stoppelhaaren übersät war, aus und schnallte meinen Bruder umständlich an, während ich schon auf der anderen Seite auf die Rückbank sprang und vor Ungeduld zappelte. Am liebsten hätte ich mich auf den Fahrersitz geschwungen und kräftig Gas gegeben.

»Welcher Wagen?«, fragte die Taxifahrerin, als sie endlich fertig war.

»Einfach rechts rum!«, kommandierte ich.

Manchmal ist es auch gut, in einem Dorf zu wohnen, wo nur *eine* große Straße durchführt. Da kann niemand so schnell abhauen. Und so kam es, dass wir Mamas rotes Auto bald eingeholt hatten.

In der Stadt wurde es schwieriger, an ihr dranzubleiben, aber die Stachelfrau machte ihre Sache ziemlich gut und fuhr sogar zwei Mal gerade noch so über eine gelbe Ampel.

Schließlich wurde meine Mama langsamer, und als sie eine Lücke fand, setzte sie den Blinker und begann umständlich einzuparken.

»Halten Sie da vorne an der nächsten Ecke«, bat ich die Taxifahrerin.

Sie fuhr rechts ran, schaltete den Warnblinker an und drehte sich zu mir um. »Macht dann 31,94 Euro.«

Hastig schüttete ich mein Sparschwein aus und zählte ihr neun Euro und drei Cent in die Hand. Danach plünderte ich Oles Socke, die noch mal knapp zwanzig Euro hergab. Ganz schön reich, dieser Ole, dachte ich beeindruckt.

Die Frau wirkte allerdings weniger beeindruckt und hielt mir weiter die Hand hin.

»Was?«, sagte ich.

»Da fehlen noch drei Euro.«

»Kann gar nicht sein«, sagte ich.

»Is aber so.« Jetzt wurde der Igel borstig.

Ich wühlte in meiner Tasche, förderte jedoch nichts als zwei klebrige alte Bonbons und mehrere Kaugummipapierchen zutage. »Sie könnten noch mein Sparschwein haben.« Ich streckte ihr Miss Piggy hin, doch sie lehnte ab.

»Oder Brunos Häkelmütze?«, bot ich ihr an. »Dann sieht man Ihre Haare auch nicht mehr so.«

Die Augenbrauen unter den grünen Stacheln zogen sich zusammen und Bruno hielt seine Mütze mit einer Hand fest. Aber die grüne Igelfrau schüttelte sowieso den Kopf. Dabei war die Mütze superschön. Die hatte ich selbst gemacht. Wie kann man nur so undankbar sein!

»Oder meinen Bruder?«, fragte ich, während Bruno mit der anderen Hand einen Popel an ihre Fensterscheibe schmierte.

Die Taxifahrerin seufzte. »Haut schon ab«, meinte

sie. »Aber nächstes Mal nehmt ihr genug Geld mit. Merkt euch das.«

Das ließ ich mir nicht zweimal sagen. Hastig löste ich Brunos Gurt und zerrte ihn mit mir aus dem Wagen.

Mama war bereits ausgestiegen. Zum Glück trug sie wieder die blöden roten Stöckeldinger, in denen sie nur langsam vorankam. In sicherem Abstand verfolgten wir sie – zum einen, damit sie uns nicht sah, zum anderen, damit Bruno *sie* nicht sah.

Kurz darauf betrat sie ein schickes Café, dessen komplette Vorderfront verglast war. An einem Fenstertisch erhob sich ein Mann und winkte ihr. Die beiden schüttelten sich die Hand. Diesmal war es nicht der miese, fiese Gruftirocker, sondern ein älterer Herr in Jeans und mit weißem Hemd.

Meine Briefkasten-Girl-Hand zuckte kurz. Sollte ich reingehen und dem Kerl eine scheuern?

Stattdessen schlichen Bruno und ich uns näher heran und gingen hinter einem großen Müllcontainer in Deckung. Mit pochendem Herzen lugte ich herum. Was tat Mama hier?

Ich kann es euch sagen: nicken (mit dem Kopf), nippen (am Getränk) und wippen (mit dem rechten Stöckelschuh). Dazwischen fuchtelte sie mit den Händen, wie sie es manchmal tut, wenn sie sich angeregt unterhält, und lachte.

»Mama, Mama!«, rief Bruno plötzlich. Aufgeregt

deutete er mit dem Zeigefinger in ihre Richtung und wollte schon loslaufen. Aber ich hatte ohnehin genug gesehen. Also packte ich ihn fester an der Hand, machte auf meinem nicht vorhandenen Absatz kehrt und floh.

Auf dem Heimweg im Bus fing es zu regnen an. Also, natürlich regnete es nicht *im* Bus, sondern auf den Bus drauf. Dicke Tropfen klatschten an die Scheibe und in der Ferne zuckten Blitze. Der Himmel weinte draußen und ich in mir drin.

Was sollte ich jetzt tun? Ich musste dringend nachdenken.

Aber eins schien mir klar: Mama hatte nicht nur *einen* Freund, sondern gleich mehrere. Und einen Vogel hatte sie auch. So groß wie ein Adler.

Zu Hause lieferte ich Bruno bei Ole ab, warf ein paar Dinge in einen Rucksack und dann zog ich aus. In mein Baumhaus im Garten nämlich. Inzwischen hatte es aufgehört zu regnen und die Sonne war herausgekommen. Allerdings war das Gastspiel nur von kurzer Dauer und bald hüllte sie sich wieder in Wolken ein.

Eine Zeit lang rannte Bruno durch den Garten und Mama hörte ich bald darauf ebenfalls. Wie nett, dass sie sich auch mal wieder zu Hause blicken ließ. Ich ließ mich jedenfalls nicht blicken, sondern blieb, wo ich war, hoch droben im Kastanienbaum. Zuerst beschäftigte ich mich mit meinem Handy und las all die vielen Nachrichten, die die anderen mir hinterlassen hatten. Meine Beratungstätigkeit bestand inzwischen vor allem darin, meinen Klassenkameraden Tipps für geeignete Halloweenkostüme zu geben, während die Fünftklässler sich – und mich – mit so bahnbrechenden Fragen beschäftigten wie: »Kann man eigentlich auch mit Vampirgebiss küssen?«

Auch zwei weitere SMS an Miss Kiss waren eingegangen, aber die löschte ich lieber ganz schnell. Nach dem Fischstäbchen-Desaster wollte ich keine Blind Dates mehr riskieren. Man muss ja aus seinen Fehlern auch lernen – zumindest manchmal.

Irgendwann war mein Akku leer und mein Hirn sowieso und da saß ich nun auf der dünnen Matratze mit meiner zu dünnen Jacke und der zu dünnen Decke und sah den gelbbraunen Blättern beim Runterfallen zu. Ab und zu sauste auch eine Kastanie vorbei, und mit jeder, die unten mit einem dumpfen *Fump* zu Boden plumpste, wuchs meine Wut. Ich warf einen Blick auf die Uhr: schon kurz nach fünf. Vermisste mich denn keiner? Ausziehen war echt blöd, wenn man nicht vermisst wurde.

Nur die Ruhe, sagte ich mir, die suchen dich schon noch.

Aber nichts geschah. Außer dass es immer kälter wurde. Hinter Benes Garten kroch noch einmal die tiefstehende Sonne aus ihrem Wolkenmantel und schickte ein paar letzte schwache Strahlen durch das Herbstlaub, dann war sie ganz verschwunden und es wurde dämmrig. Der pilzig-erdige Geruch verstärkte sich und jedes noch so kleine Rascheln im Gebüsch kam mir auf einmal viel lauter vor.

Jetzt könnten sie mich aber wirklich langsam holen kommen! Zum hundertsten Mal sah ich zum Haus hinüber. Im Wohnzimmer brannte Licht. Hinter den anderen Fenstern war es so dunkel wie in meinem Herzen. Mit einer ruckartigen Bewegung wandte ich mich ab und entdeckte, dass vom anderen Ende des Gartens ein schwacher Lichtschein durchs Geäst drang.

Merkwürdig! Wo kam der denn her? Dort hinten war nichts außer großen Waldbäumen und Gestrüpp und dem alten weißen Reetdach-Pavillon, in dem die vorigen Besitzer unseres Hauses Hühner gehalten hatten und den wir jetzt als Geräteschuppen nutzten.

Endlich hatte ich einen Grund, mein Baumhaus zu verlassen. Das war ein Fall für Milly, die große Aufdeckerin! Zum zweiten Mal an diesem Tag pirschte ich mich an. Langsam wurde das zur Gewohnheit. Von Baumstamm zu Busch zu Baumstamm arbeitete ich mich vor, bis schließlich zwischen zwei riesigen Weißdornsträuchern die von Geißblatt überwucherte Gartenlaube zum Vorschein kam.

Es war ein bisschen, als würde man in ein hell erleuchtetes Aquarium gucken – nur ohne Fische. Im Schein einer grünen Lampe entdeckte ich durch die Sprossenfenster meine Mama, die zwischen allerlei Gartengerät und Gerümpel an einem Klapptisch saß – mit Mütze, Halbfingerhandschuhen, Schal und dicker Jacke. Hektisch tippte sie auf ihrem Laptop herum und murmelte dazu vor sich hin. Mama hatte also auch einen Geheimplatz. Genau wie Luzi und ich.

Im Schutz der Dunkelheit schlich ich näher. *Knack*, zerbrach ein Zweig unter meinen Füßen.

Einen Moment lang sah Mama auf, doch sie konnte nichts erkennen. Dann warf sie einen Blick auf ihre Uhr.

»Ach du Schande! Schon so spät«, rief sie so laut, dass man es durch die dünnen Holzwände hörte. »Ist ja schon längst Abendessenszeit!« Hastig fuhr sie den Computer herunter, knipste das Licht aus und rannte durch den Garten zum Haus.

Ich wartete noch einen Moment, ehe ich mich aus meinem Versteck wagte und den Pavillon betrat. Dort schaltete ich die Lampe wieder an, hängte meine Jacke darüber, um das Licht zu dämpfen, und sah mich um.

An einer Pinnwand neben dem Tisch hingen kleine Zettel mit Telefonnummern und Postkarten mit schlauen Sprüchen wie *Für verpasste Gelegenheiten gibt es kein Fundbüro* oder *Lieber entspannt arbeiten als gelangweilt faulenzen.* Darunter stand neben einer leeren Lebendmausefalle ein Heizlüfter und über der Lehne des Klappstuhls hingen eine alte graue Strickjacke und dicke Socken. Überall im Raum waren leere Kaffeetassen verteilt.

Anscheinend war sie öfter hier.

Der Laptop war leider ausgeschaltet, doch mein Blick fiel auf ein Notizbuch daneben. Ich schlug es auf und entdeckte eine lange Liste in Mamas Schrift.

- *Er ist Arzt*
- *Doch sie ist nicht frei*
- *Ehemann erkrankt*
- *Brennen sie durch?*
- *Bereit, alles für ihre Liebe aufzugeben!*
- *Neues Leben beginnen*
- *Was wird aus den Kindern?*

Ich ließ das Buch los, als hätte ich mir die Finger daran verbrannt. Oh nein, Mama wollte uns verlassen! Es fühlte sich an, als würde ein Laster über mein Herz drüberfahren.

In diesem Moment hallten Rufe durch den Garten. »Miiiilly! Abendessen!«

Na gut, beschloss ich, dann würde ich eben doch wieder zu Hause einziehen. Wie es aussah, musste ich die verbleibende Zeit mit meinen Eltern nutzen, denn für verpasste Gelegenheiten gibt es ja kein

Fundbüro. Ob wir meinen Geburtstag in zwei Tagen überhaupt noch zu fünft feiern würden?, schoss es mir durch den Kopf. Aber diesen Gedanken schob ich lieber ganz schnell wieder weg, denn er war einfach zu schrecklich.

An diesem Abend störte mich Mamas Kauen nicht. Wie sie so von ihrem Brot abbiss und dann von einer Möhre, so kau-kau, das war so schön und vertraut, so »Mama« eben. Das machte mich einerseits total glücklich und andererseits unheimlich traurig, wenn ich mir vorstellte, dass sie demnächst woanders mit wem anders kauen würde. Und da stiegen mir Tränen in die Augen und ich versteckte mich schnell hinter meinem Haarvorhang.

16. Kapitel

… in dem ich meine Schauspielkarriere starte und mich in ein Monster verwandle

Am nächsten Tag hatte ich erstaunlich gute Laune. Trotz Mama, Fischstäbchen, Luzi-Streit und Leon-Ärger. Wahrscheinlich lag mein Herz nach dem Laster-Crash mit Gips im Krankenhaus und war mit Schmerzmitteln vollgepumpt. Wie es aussah, konnte ich inzwischen nicht nur lügen, ohne rot zu werden, sondern auch lächeln, ohne froh zu sein. Vielleicht sollte ich Schauspielerin werden.

Doch jetzt war erst mal Halloween angesagt. Was Mama tat, darauf hatte ich keinen Einfluss, aber darauf, was *ich* tat, schon. Und deshalb würde ich heute auf diese Party gehen und küssen. Alles andere konnte warten. Schließlich war das meine letzte Kuss-Chance, bevor ich zwölf wurde. Mir kam wieder Mama in der Wunderbar in knallroten Stöckelschuhen und einer Netzstrumpfhose in den Sinn. Wer weiß, vielleicht lag das mit dem Verkleidet-Küssen ja auch bei uns in der Familie?

Ich beschloss, umgehend mit meiner Schauspielkarriere durchzustarten: Zu Hause tat ich, als wäre alles in bester Ordnung, und in der Schule gab ich vor, übel erkältet zu sein. Ich nieste und schniefte und rubbelte mir heimlich die Augen und die Nase, damit sie schön rot und verquollen aussahen. Alle bemitleideten mich, weil ich *so* natürlich nicht auf die Party konnte, und wünschten mir gute Besserung. Fi trug sogar meine Schultasche, und Dana schenkte mir den Traubenzucker, den ihre Mutter ihr immer einpackt. Lediglich Luzi beäugte mich misstrauisch und die Flatter grinste schadenfroh.

Nach der Schule warf ich meinen Rucksack in die Ecke und machte mich auf die Suche nach einem guten Kostüm. Erst durchwühlte ich meinen Schrank nach zombigen Sachen und hinterher stöberte ich auf dem Dachboden in unserer Verkleidungskiste weiter. Als Berater hatte ich Bruno und Monster an meiner Seite, die sich sehr für all die Umhänge, Perücken, Tücher, Hüte, Tierohren und Ringelshirts interessierten, die ich herauszog.

Als ich irgendwann aufblickte, hatte Bruno eine braune, langhaarige Perücke auf, die ziemlich verstrubbelt war, und um den Hals eine schwarze Netzstumpfhose geschlungen. Monsters Schlappohren baumelten unter einer grün gelockten Wallemähne heraus. Das sah so dämlich und so niedlich aus, dass ich lachen musste und gar nicht mehr aufhören konnte. Weil Bruno mich mit seiner neuen Frisur irgendwie an den Gruftirocker aus der Wunderbar erinnerte, mischten sich ab und zu auch ein paar Schluchzer darunter, aber das merkten die beiden nicht.

Hastig schnappte ich Monster die grüne Walleperücke vom Kopf und verzog mich mit meiner Beute und meinen überlaufenden Augen in mein Zimmer, wo ich alles auf dem Bett ausbreitete: eine schwarze Leggings von mir, ein langes schwarzes Spitzentop von Mama, das mir fast bis zu den Knien reichte, ein violettes Tuch mit kleinen Totenköpfen und glänzende silbergraue Satin-Handschuhe, die bis über die Ellbogen gingen.

Meine alten Leinenturnschuhe mit dem Loch an der großen Zehe bearbeitete ich erst mit einer Sprühflasche Silberfarbe, dann zauberte ich mit Mamas weinrotem Nagellack Blutstropfen darauf, bis das Fläschchen leer war. Geschah ihr recht!

Den Rest des Nachmittags verbarrikadierte ich mich abwechselnd in meinem Zimmer und im Bad, um mich für die Party herzurichten: Ich schminkte mir das Gesicht mit Penatencreme kreidebleich und malte mir schwarze Narben auf Stirn und Wangen. Mein Mund wurde blutrot, und über die Augen zog ich mir eine selbst gebastelte schwarze Maske, die ich mit Samt, Glitzersteinen und zwei Spinnen aus Brunos Plastiktierzoo beklebt hatte. Zum Schluss schlang ich mir noch mehrere schwarze Perlenketten um den Hals und biss Mamas Lippenstift ab, um mir blutige Zähne zu machen.

»Uähhh!«, entfuhr es Ole, als ich mit einem Fauchen in sein Zimmer rauschte, und er rutschte auf seinem Schreibtischstuhl von mir weg.

»Wau«, machte Monster, als ich nach unten kam.

»Wow«, sagte auch Mama. »Luzi wird sich ins Hemd machen, wenn sie dich sieht.«

Und Bruno klammerte sich an ihr Bein und schrie: »Die soll weggehen!«

Nur Paps sagte nichts – konnte er gar nicht, weil er in seiner Praxis noch ein paar Zähne anbohrte.

Ich lächelte. Perfekt. Mein kleiner Bruder erkannte mich nicht.

Zufrieden betrachtete ich mich im großen Spiegel der Garderobe und fand mich auch sehr wau-wow: zombig und zugleich bombig und ziemlich erwachsen und gar nicht wie ein Pferdepopo.

»Tschüs, ihr!«, rief ich.

»Viel Spaß dir und Luzi!«, rief Mama zurück, die wohl davon ausging, dass wir wie jedes Jahr gemeinsam um die Häuser zogen und danach noch ein wenig bei den Schneiders weiterfeierten.

Keine Ahnung, ob Luzi Spaß haben würde, ich war jedenfalls fest dazu entschlossen.

17. Kapitel

… in dem ich kneife und mich kneifen muss

Können Untote eigentlich schwitzen? Meine Hände waren jedenfalls *ziemlich* schwitzig, als ich an der Kassenschlange vor der Aula anstand, wo das Fischstäbchen mit einem weiteren Lehrer saß und alle, die nicht über eins sechzig waren, misstrauisch musterte.

Habt ihr schon mal ein verbranntes Fischstäbchen gesehen? Dann könnt ihr euch ungefähr vorstellen, wie selten bescheuert er aussah: Er trug eine schwarze Jeans, sein unvermeidliches dunkelbraunes Kordjackett und auf dem Kopf ein schwarzes Käppi, das aussah, als würde ein Messer darin stecken. Auf der einen Seite ragte der Griff heraus, auf der anderen die Klinge. Fehlten nur noch eine Pfanne unterm Hintern und die Gabel. Das war wohl seine Vorstellung von Horror. Dabei war der eigentliche Horror doch sein rötlicher Bart – und den trug er immer.

Drinnen war die Party bereits in vollem Gange. Durch die schwere Tür dröhnten Bässe und wummerten die Beats. Die Musik war schon mal gut.

Während ich zahlte, ging die Tür auf und ein Teufel, eine Riesenameise und ein Alien kamen mir entgegen. Die drei waren auch super verkleidet, aber als sie mich sahen, stießen sie ein »cool« aus und der Teufel reckte mir den erhobenen Daumen hin.

Das ließ mich ein bisschen größenwahnsinnig werden, und ich schlug mit meiner Krallenhand nach dem Fischstäbchen, sodass er zusammenzuckte, und ließ ein hohles Lachen ertönen. Dann warf ich meine Wallemähne zurück und hinkte, eine Schulter verkrümmt hochgezogen, durch die Tür. Das mit der Schauspielerei ist definitiv gebongt.

Drinnen umfing mich Dämmerlicht und es herrschte ein Riesengedränge. Die Aula war kaum wiederzuerkennen.

Die Fenster waren mit schwarzen Tüchern verhängt, bunte Lichter zuckten über die Tanzfläche, und von der Decke hingen riesige weißliche Spinnennetze, in denen sich neben Spinnen noch anderes vielbeiniges Getier tummelte. Dazwischen baumelten kopfüber Fledermäuse. Eine Ecke des großen Saals war mit rot-weißem Plastikband abgesperrt wie ein Tatort in einem Krimi.

In unserer alten Schule hieß es immer: *Nein, Halloween ist kein deutsches, christliches Fest. Das feiern wir nicht*. Kein Wunder, dass da die Schüler wegbleiben, wenn es woanders so coole Partys gibt, oder?

Auf ein paar zusammengeschobenen Tischen, die mit schwarzen Tüchern bedeckt waren, war ein Gruselbüfett aufgebaut. Mein Paps hätte die Krise gekriegt, wenn er all das süße Zeug gesehen hätte, das er immer nur »Zahnkiller« oder »Plombenzieher« nennt. Es gab Schalen voller Gummibärchen, die wie Augäpfel aussahen, giftgrüne Götterspeise, die in Glasschüsseln zum stampfenden Takt der Musik bebte, einen riesigen Kessel blutrote Bowle, aus der Dampf waberte, und …

Was war das denn? Ich zuckte zurück. Auf silbernen Tabletts lagen abgeschnittene Finger! Erst auf den zweiten Blick erkannte ich, dass es sich um kleine Wiener Würstchen mit reichlich Ketchup handelte, in denen vorne als Fingernägel halbierte Mandeln steckten.

Neben dem Büfett schob Heinz-Rüdiger, das Skelett aus dem Biologiesaal, Wache. In Ermangelung einer Sense hatte ihm jemand ein Plastikschwert in die linke Knochenhand gedrückt, ihm eine geringelte Strickmütze aufgesetzt und eine Möhre durch die rechte Augenhöhle gesteckt. Um ihn herum standen ausgehöhlte Kürbisse, die von innen mit Teelichten erleuchtet waren und mich zahnlückig angrinsten.

Das erinnerte mich wieder daran, warum ich

eigentlich hier war. Wo waren sie denn nun, die K.O.s und die wilden Knutschereien?

Ich ließ den Blick über die Tanzfläche schweifen, wo Vampire und Werwölfe, Hexen und Zauberer, Fledermäuse und Zottelmonster, Ninja-Kämpfer und Skelette um die Wette hopsten. Dazwischen hoppelte und bockte ein Pferd. Diese Verkleidung durchschaute ich sofort. Schließlich war ich da selbst jahrelang dringesteckt. Nur dass Luzis neuem Hinterteil offenkundig die Übung fehlte und es ständig in das Vorderteil hineinrannte. Überhaupt wirkte das Pferd innerlich zerrissen. Das Vorderteil wollte tanzen, das Hinterteil nicht, und die Hinterbeine traten alle paar Schritte den Vorderbeinen auf den Fuß.

»Mensch, pass doch auf«, zischte die vordere Hälfte des Pferdes seinen eigenen Po an, als es an mir vorbeizockelte.

»Pass doch selber auf«, motzte das Hinterteil zurück. Dann stürzte der Gaul. Ob ich ihm den Gnadenschuss geben sollte? Unter dem Kunstfell ging die Diskussion weiter, doch ich machte einfach einen sehr großen Schritt über das verunglückte Tier hinweg und mischte mich ebenfalls unter die Tanzenden. Dem Pferd ging ich lieber aus dem Weg, denn Leon trat immer wieder aus.

Nach einer Weile entdeckte ich das verbrannte Fischstäbchen, das seinen Platz an der Kasse verlassen und sich unauffällig in einer Ecke postiert hatte.

Ob auch er nach K.O.s Ausschau hielt?, durchzuckte es mich, und mir lief eine Gänsehaut von den Haarwurzeln bis in die Zehenspitzen. Von dem wollte ich mich nicht beglotzen lassen. Seit er mit meiner Mama ein Date in der Wunderbar vereinbart hatte, fand ich ihn doch nicht mehr so harmlos.

Ich beschloss, lieber zum Büfett zu gehen. Eine kleine Stärkung vor dem Küssen konnte nicht schaden. Genüsslich biss ich in einen der Finger, und als ich mir vorstellte, er wäre von Tanja, schmeckte es gleich noch viel besser. Danach schnappte ich mir die Schüssel Augäpfel.

»He«, maulte mich eine gespielt krächzende Stimme von der Seite an. »Du kannst dir doch nicht einfach die ganze Schale nehmen.«

Und ob ich das konnte.

»Mach die Fliege, alte Hexe, sonst erlebst du die nächste Walpurgisnacht nicht!«, gab ich mit verstellter, tiefer Stimme zurück, und als die Hexe nicht sofort reagierte, fletschte ich die Zähne und fauchte sie so fies an, dass sie schleunigst den Besen einzog. Briefkasten-Girl wäre stolz auf mich gewesen.

Hastig griff sie sich selbst eine ganze Schale grüne Götterspeise. »Ja, ja, ich düse ja schon ab.«

Düsen? Das sagte nur eine. Und als sie dann auch noch mit einarmigen Flatterbewegungen über die Tanzfläche davontrippelte, war mir alles klar: Das war Tanja.

In diesem Moment schlug Leon wieder aus und verpasste ihr einen Tritt, der sich gewaschen hatte. Eigentlich machte er seine Sache als Pferd doch gar nicht so schlecht.

Tanja jaulte auf und hielt sich den linken Fuß. »Galopp, du Arsch«, schrie sie und versetzte dem Pferd mit ihrem Besen einen Schlag aufs Hinterteil, ehe sie fluchend weiterhumpelte.

Ich machte einen Bogen um den wild gewordenen Gaul und heftete mich an ihre Fersen. Denn wo Tanja war, wurde immer viel geknutscht.

Und tatsächlich: In einer besonders düsteren Ecke hatten sich ein grünes Monster, ein Sensenmann, eine Teufelin und ein sehr großes Gespenst im Kreis versammelt. Die Flatterhexe hatte die Süßigkeiten anscheinend für *Wahrheit oder Pflicht* gebraucht. Kennt ihr das? Da muss man entweder irgendeine Frage wahrheitsgemäß beantworten (nicht gerade meine Stärke) oder eine Art Mutprobe bestehen – meist jemanden küssen. In Tanjas Fall allerdings bestand die Pflichtaufgabe darin, eine komplette Schale Götterspeise zu futtern. Anfangs schlug sie mit Appetit zu, aber nach und nach merkte man, wie sie den Löffel zunehmend widerwilliger zum Mund führte, und am Schluss schluckte sie nur noch mühsam.

Ich stellte die Augäpfelschale auf einen Stehtisch und verkündete: »Ich bin auch dabei.«

In der nächsten Runde beauftragte die Flatterhexe,

die ständig aufstoßen musste, den Geist damit, jemandem einen gelben Klebzettel mit der Aufschrift: *Ich bin ein Sechstklässler. Holt mich hier raus!*, auf den Rücken zu pappen, was ich ziemlich gemein fand.

Als Nächster war ein Junge in einem lilafarbenen Monsterkostüm an der Reihe, der Wahrheit wählte.

»Hast du schon mal einen Popel gegessen?«, fragte ihn das Gespenst, was er lachend zugab.

Nun durfte er jemanden auswählen. »Wenn du mit einem Lehrer ausgehen müsstest, wer wäre das?«, fragte er die Teufelin, die sich ebenfalls für Wahrheit entschied, und sie sagte nach einigem Überlegen: »Das Fischstäbchen.« Ihre Stimme kam mir irgendwie bekannt vor, und als ich genauer hinsah, glaubte ich, unter einer dicken Make-up-Schicht an der Nase ein Funkeln zu erkennen.

Sie wandte sich an mich. »Wahrheit oder Pflicht?«

»Pflicht«, sagte ich, ohne mit der Wimper zu zucken.

»Gut, dann such dir jemanden zum Küssen aus.«

Ich atmete tief durch. Nun kam mein großer Moment. Danke, Fiiii! Jetzt oder nie! Ich sah mich um. Das lila Monster schied aus. Das fraß Popel. Also deutete ich auf den großen Geist neben mir. »Du.«

Ich stellte mich auf die Zehenspitzen, reckte ihm mein Gesicht entgegen, kniff die Augen zu und wartete. Es dauerte ein bisschen. Es dauerte noch ein bisschen länger. Meine Zehen begannen zu kribbeln. Erst als ich die Augen gerade wieder aufmachte, kamen Lippen auf mich zu, die – wie ich trotz der Düsternis erkennen konnte – blöde gespitzt waren. Wie sollte dieser Geist den Zwölf-Sekunden-Standardkuss draufhaben, wenn er nicht mal wusste, dass man die Lippen entspannt hält?, schoss es mir durch den Kopf. Weil wenn ich mir das mit der Küsserei schon gab, dann sollte auch alles seine Richtigkeit haben.

Und dann ging auf einmal alles ganz schnell. Die Spitz-Lippen kamen näher und näher und ich …

… war weg.

Im letzten Moment hatte ich mich geduckt und der Geist schmatzte ins Leere.

NEIIIIN! Ich hätte mich ohrfeigen können. Warum passierte immer mir so was? Warum hatte ich die Nerven verloren? Das war meine große Chance gewesen und ich hatte es vermasselt. Ich war so panne! Ich überlegte gerade, ob ich um eine Wiederholung bitten sollte, da suchte sich der Geist schon den nächsten Mitspieler aus und fragte: »Wahrheit oder Pflicht?«

Unauffällig ließ ich den Blick über die anderen beiden Kusskandidaten schweifen. Vielleicht lag es ja auch daran, dass ich die falsche Wahl getroffen hatte. Vielleicht bekam ich ja noch mal eine Chance? Doch noch während ich zwischen dem Popelfresser und dem Sensenmann schwankte, setzte die Musik aus und ein als Frankenstein verkleideter großer Schüler stieg auf einen Stuhl.

»Alle mal herhören!«, rief er. »Hiermit erkläre ich die Kammer des Grauens für eröffnet!«

Mit einer Schere durchtrennte er das weiß-rote Absperrband und riss mit Schwung ein Tuch weg, sodass ein Eingang zum Vorschein kam. Dahinter war es düster. Ich kannte den Raum. Es handelte sich um ein kleines Hinterzimmer, in dem sonst die Musikinstrumente aufbewahrt wurden. *Eintritt nur für Lebensmüde,* stand jetzt auf einem roten Warnschild vor dem Zimmer. Und auf einem anderen: *Schüler haften für ihre Lehrer.*

Und weil das offenbar noch nicht reichte, setzte Frankenstein noch einen schaurigen Spruch drauf: »Wer sich traut, kriegt Gänsehaut und schreit bald schon megalaut«, deklamierte er mit tiefer Stimme, und wie auf Kommando ertönten Schreie – vermutlich vom Band.

Kammer des Grauens. »Pah!«, schnaubte ich verächtlich. »Dass ich nicht lache. Das ist doch voll Baby. Eine Geisterbahn, nur ohne Bahn. Lasst uns lieber kü… äh … weiterspielen.«

Doch der Sensenmann war verschwunden und das Monster bohrte ausführlich in der Nase. Meine Chance war vertan. Ich hätte aus der kreideweißen Haut fahren können. Ich war so nah dran gewesen. Und jetzt wieder meilenweit davon entfernt.

»Verdammte Axt!«, fluchte ich leise und drehte mich abrupt weg, mit einer schwarzen, zombigen

Wut im Bauch. Vielleicht konnte ich die ja im Gruselkabinett an jemandem ablassen? Einem geschnitzten Kürbis die letzten Zähne ausschlagen oder einem Totenkopf den Schädel einhauen.

Mit einem »Man sieht sich« verabschiedete ich mich hastig von der Flatter, Fi und dem Popelfresser und betrat als eine der Ersten das Gruselkabinett, in dem es bis auf ein paar fahlgrün leuchtende Skelette dunkel war. Aus einem merkwürdigen kleinen Kasten strömte mit Gezisch in regelmäßigen Abständen Nebel, der in dicken Schwaden umherwaberte und alle Geräusche zäh und wattig erscheinen ließ. Direkt hinter dem Eingang fuhr mir eine Spinnenfrau mit einem weißen, netzartigen Stoff übers Gesicht und zischte: »Ahhhh, Frischhhfleischhh.«

Aber nicht mit mir – mit Miss Scheißwut. »Friss dich selber«, fuhr ich sie an, riss der verdutzten Spinne das Netz aus der Hand und warf es über sie.

Weiter tastete ich mich durch die Finsternis, bis ich mit dem Fuß gegen etwas Hartes stieß, was sich als Holzsarg entpuppte. Sogleich schoss eine Hand heraus und griff nach meinem Knöchel. Zugegebenermaßen erschrocken sprang ich zurück und prallte gegen etwas oder jemanden. Der Jemand fing mich auf und packte mich um die Taille.

Ich fuhr herum und sah, wie sich ein Vampir zu meinem Hals beugte. »Bin schon tot«, kreischte ich und versuchte, ihn wegzuschieben, doch er hielt mich fest und kam immer näher. Sein Atem roch nach Kirschsaft und Kaubonbon und einfach nur gut. Ganz dicht beugte er sich an mein Ohr und sein warmer Atem traf mich am Hals. Doch statt mich zu beißen, flüsterte er mir zu: »Wer sich traut, kriegt Gänsehaut.« Und da bekam ich Gänsehaut so hoch wie die Alpen.

Sein Gesicht nur wenige Zentimeter von meinem entfernt, sah er mich intensiv an, und seine Augen waren in der Finsternis so dunkel, dass die Pupille nicht von der Iris zu unterscheiden war. Auf einmal spürte ich ein seltsames Ziehen in der Magengrube, als würden die Würstchenfinger, die ich verputzt hatte, mich innerlich kitzeln. Dann kam er noch näher und ich hörte nicht mehr die Schreie vom Band und die echten auch nicht.

Behutsam umschloss er mit der einen Hand meine Wange, ließ die andere in meiner Taille und drehte mich ganz zu sich um.

Seine Lippen waren so nah, dass ich die Wärme spüren konnte, die von ihnen ausging. Und dann waren sie auf meinen und streiften meinen Mund hauchzart wie der Flügelschlag eines Schmetterlings. Dass ich noch nie zuvor so etwas erlebt habe, muss ich nicht extra dazusagen, oder? Ich vergaß zu motzen, zu atmen und sogar mich wegzuducken.

Meine Augen gingen ganz von allein zu und meine Arme schlangen sich um seinen Hals. Er zog mich näher an sich. Und das war auch gut so, denn ich hatte das Gefühl, nur noch aus Gummi zu bestehen: Gummibeine. Gummihirn. Gummizelle.

Meine Knie wurden zittrig wie die Waldmeistergötterspeise am Büfett und mein Herz wummerte noch lauter als die Trommeln und Bässe und mein Hirn war so vernebelt wie die Kammer selbst. Das Ziehen im Magen wuchs sich zu einem seltsamen Kribbeln aus, das mir bis unter die Kopfhaut ging. Mein Gehirn schickte kleine Gänseblümchen durch meine Adern, und statt der Schreie vom Band hörte ich ein Vogelzwitschern und fühlte mich, als stünde ich im Sonnenschein.

Seine Lippen waren ganz warm und weich und gar nicht vampirisch und schmeckten nach Gummibärchen und Kirschsaft und Sommer. Unser Kuss ging weiter und immer weiter und wie durch ein Wunder bekam ich trotzdem Luft.

Und dann fing auf einmal hinter mir jemand zu kreischen an. Es war die Flatterhexe, der anscheinend die Nerven durchgegangen waren. Sie fuhr herum und rammte mit ihrem Besenstiel heftig ein Pferd.

Das Vorderteil des Pferdes sprang zurück. »Aua!«, ertönte Luzis Stimme unter dem braunen Fell.

»Verdammt«, fluchte Leon. Er tauchte aus dem Pferdekostüm auf und hielt sich die Nase. Zwischen seinen Fingern tröpfelte ein schmales Rinnsal heraus. Das Pferd blutete. Ein klitzekleines Grinsen huschte mir übers Gesicht. War das also Luzis und Leons Beitrag zu Halloween: der BGG – der blutige Gruselgaul?

Das war der Moment, in dem die Flatter sich vorbeugte und sich übergab. Ohne hinzusehen, wusste ich, dass die Kotze waldmeistergrün sein musste.

»Ich kann kein Blut sehen«, kreischte sie mit schriller Stimme, wenn sie nicht gerade würgte. »Ich kann kein Blut sehen!«

Und dann passierte alles gleichzeitig. Mein wunderbarer Vampir war auf einmal weg, während das furchtbare Fischstäbchen mit einem leuchtenden Handydisplay bewaffnet auf uns zuhielt.

Und was tat ich? Warum rannte ich nicht weg? Ich kniff mich, doch es half nichts. Machte Küssen etwa, dass man die Kontrolle über die Beinmuskulatur verlor?

»Wen haben wir denn da?«, sagte unser Lehrer. »Aha, der Leon. Und wer ist der Rest vom Pferd?«

Während Luzi sich umständlich aus ihrem Kostüm schälte, versuchte die Hexe, sich aus dem Staub zu machen, doch ihr Flattergang verriet sie.

»Schön hiergeblieben«, meinte das Fischstäbchen und hielt sie am Handgelenk fest. »So, so, du bist also auch da, Janja.«

»Und die Milly«, sagte die alte Flatter-Natter und riss mir die Augenmaske vom Gesicht.

18. Kapitel

… in dem ich aufgeklärt werde

Jetzt war ich also aufgeklärt. Nein, nicht was ihr denkt. Darüber weiß ich schon länger Bescheid (rein theoretisch, versteht sich). Aber über Mama und Papa und Fischstäbchen im Allgemeinen und Besonderen. Und das kam so:

Wie Schwerverbrecher hatte uns das Fischstäbchen unter den Blicken der versammelten Mittelstufe und von ein paar versprengten Sechstklässlern abgeführt. Jetzt kannte mich wirklich die halbe Schule. Am liebsten wäre ich tot umgefallen, so peinlich war mir das alles, aber tot umfallen geht als Untoter so schlecht.

Und nun saßen die Flatter, Luzi und ich aufgereiht wie die Hühner auf der Stange in den orangefarbenen Plastikschalenstühlen vor der eigentlichen Kammer des Grauens. Vor dem Sekretariat nämlich. Sooo cool ist diese Schule wohl doch nicht.

Leon lag im Krankenzimmer und wurde von einem

Schulsanitäter versorgt, während das Fischstäbchen unsere Eltern abtelefonierte, damit sie uns abholen kamen.

»Wie hast du mich eigentlich erkannt, hm?«, fragte ich die Flatter, die mit hängenden Schultern neben mir hockte und noch immer ein bisschen nach Waldmeisterkotze roch. Auch ihr Hexenbesen, der hinter ihr an der Wand lehnte, hatte etwas abbekommen.

Aus ihren schwarz umrandeten Augen funkelte sie mich an. »Dich würde ich überall erkennen. Weil immer, wenn jemand so richtig nervt, dann bist *du* das.«

Ich wollte gerade mit meiner Briefkasten-Girl-Hand ausholen und ihr eine scheuern, und Luzi streckte schon eine Hand nach einer Grünlilie am Fensterbrett aus – vermutlich um sie aus dem Topf zu reißen und der Flatter eine Ladung Blumenerde hinten ins Kostüm zu kippen, aber genau in dem Moment kam leider Tanjas Mutter angestöckelt.

Tanja fiel ihr heulend um den Hals, dann verschwanden die beiden beim Fischstäbchen im Sekretariat. Luzi und ich spitzten die Ohren. Von drinnen drangen aufgeregte Stimmen zu uns heraus: die tiefe des Fischstäbchens und die etwas schrille der Flattermutter. Von dem Gespräch selbst konnten wir allerdings nur ein paar Wortfetzen aufschnappen – darunter *Verweis, selbst schuld, bessere Kontrollen* und *Nachspiel*.

Als die beiden das Zimmer wieder verließen, fragte

Tanjas Mutter im Vorbeigehen mit einem Seitenblick auf uns: »Sag mal, waren das nicht deine beiden Freundinnen aus dem Kindergarten?«

Luzi und ich sahen uns an. Und in diesem Moment passierte es. Wir verdrehten zuerst gleichzeitig die Augen. Und dann sagten wir wie aus einem Mund: »Es tut mir leid.«

Aber bevor wir noch klären konnten, wem jetzt was genau leidtat, und bevor ich ihr sagen konnte, dass ich eine blöde eifersüchtige Kuh bin, die ihr nicht gönnt, dass sie Spaß mit Leon hat, der allerdings an seinen Witzen noch arbeiten muss, ging abermals die Tür zum Treppenhaus auf und Mama kam den Gang entlang. Ihre Begrüßung bestand aus einem Kopfschütteln. Mit einer knappen Handbewegung gab sie mir zu verstehen, dass ich mitkommen solle, und klopfte am Sprechzimmer.

Widerstrebend stand ich auf. Und noch widerstrebender setzte ich mich drinnen auf den Stuhl, den das Fischstäbchen mir anbot.

Er sah Mama ernst an. »Ihre Tochter hat sich zusammen mit ein paar anderen Schülern auf der Halloweenparty eingeschlichen«, sagte er. »Obwohl es sich ausdrücklich um eine Veranstaltung für die Mittelstufe handelt.«

Mama schüttelte schon wieder den Kopf und sah mich an. »Was hast du dir nur dabei gedacht, Milly?«, fragte sie mich. »Und mich hast du auch angeschwindelt und so getan, als würdest du mit Luzi in der Nachbarschaft um die Häuser ziehen. In letzter Zeit machst du ständig verbotene Dinge.«

Das war der Moment, in dem ich hochging. Ihr wisst schon: Raketenmethode.

»Ja klar, weil die Erwachsenen natürlich nie irgendwas Verbotenes machen, nöööö!« Ich war aufgesprungen und stemmte die behandschuhten Hände in die Hüften. »Dann ist ja alles gut, sozusagen ganz wunder-bar!« Meine Empörung troff aus jeder Silbe und das *wunderbar* schleuderte ich den beiden förmlich entgegen.

Mama und das Fischstäbchen starrten mich an. Mama fing sich als Erste wieder, während mir plötzlich Tränen über die Wangen kullerten.

»Milly, was ist denn los?«, fragte sie und zog mich auf ihren Schoß.

»Warum willst du uns … uns verlassen?«, schluchzte ich.

»Verlassen?«, echote sie.

»Du musst es gar nicht abstreiten. Ich hab deine Tagebuchnotizen gelesen!«

»Tagebuchnotizen?«

»Und warum triffst du dich mit fremden Männern und knutschst mit denen rum?«

»Rumknutschen?«, sagte sie. Jetzt wurde es wirklich albern. »Wovon redest du?«

Langsam reichte es mir. Ich funkelte sie an.

»Mama«, rief ich, »das letzte Wort wiederholen ist verboten, falls du dich noch erinnern kannst. Gib mir eine richtige Antwort! Und lüg mich nicht an, ich hab's genau gesehen. Mit so einem Rocker. Voll auf den Mund drauf. Mit Zunge!«

»Stimmt.« Das Fischstäbchen nickte. »In der Wunderbar.«

»Und im Café Ponte«, ergänzte ich, und dann weinte ich wieder. Ganz lange und ganz fest. Und da nahm Mama mich in den Arm. Auch ganz lange und ganz fest. Und dann erklärte sie mir alles: dass sie Papa voll lieb hatte. Und *nur* Papa. Dass sie nicht mit anderen Männern ausging und sie schon gar nicht küsste. Weder mit noch ohne Zunge. Dass der Mann in der Wunderbar Papa gewesen war, nur eben als Rocker mit Langhaarperücke verkleidet und sie als Lady mit High Heels.

Ich starrte sie an und das Fischstäbchen starrte mit. Ich meine, versteht *ihr* das? Spielten die Dauerkarneval oder wie?

»Hä? Wieso das denn?«, fragte ich.

Sie zögerte. »Na ja, ähm, aus Recherchezwecken.«

Doppel-Hä?

»Wieso das denn?«, fragte diesmal das Fischstäbchen, und dafür war ich ihm sehr dankbar.

»Ja, ich muss recherchieren. Mich in andere Personen hineinversetzen, in andere Rollen schlüpfen, weil ... weil ... Also, ich bin ... Au...« Das Wort schien

Mama schwer über die Lippen zu kommen. Dann holte sie tief Luft und sah mich an. »Ich schreibe Bücher. Eines ist bereits erschienen, die Fortsetzung fast fertig. Und jetzt soll ich mir eine ganz neue Story ausdenken. Ich bin Autorin. Und der ältere Herr, mit dem ich mich im Café Ponte getroffen habe, das ist mein Lektor.«

»Leck-wer?«, fragte ich.

»Lektor«, wiederholte sie. »Der arbeitet in einem Verlag und hat mit mir mein neues Buchprojekt besprochen, das diesmal in der Gegenwart spielen soll, Stichwort: ›vornehme Dame verliebt sich in Rocker‹. Und die Aufzeichnungen, die du gefunden hast, haben nichts mit einem Tagebuch zu tun. Das sind Notizen für die Fortsetzung zu meinem ersten Roman, in dem es um einen Medikus und eine junge ungarisch-französische Gräfin geht.«

Ich starrte sie an. »Gräfin Ilonka?«

Sie starrte zurück.

Langsam dämmerte es mir. *Im Spiegelsaal der tausend Küsse!* Das hatte *Mama* geschrieben! *Meine Mama!* Deshalb war der Medikus Papa so ähnlich und auch die anderen Familienmitglieder kamen mir so bekannt vor – der kleine Brüno-André, der große, etwas ungelenke Olivier, das Mädchen Camille!

Mama betrachtete mich mit zusammengekniffenen Augen. »Aber jetzt habe ich auch ein paar Fragen an dich«, sagte sie.

»An mich?«, echote ich.

Oh-oh!

»Woher weißt du denn, dass ich mit einem Rocker in der Wunderbar war? Und was haben Sie damit zu tun?«, fragte sie und blickte das Fischstäbchen genauso durchdringend an wie mich.

»Äh«, machten das Fischstäbchen und ich wie aus einem Munde, und er sah Hilfe suchend zu mir.

Das war meine Chance, ihren Zorn von mir weg und auf ihn umzulenken. Ob ich ihm damit nun unrecht tat oder nicht, verdient hatte er es auf jeden Fall. »Das Fisch… Herr Fistab hat sich dort mit mir verabredet«, sagte ich schnell. »Ich habe eine Anzeige im WOLF aufgegeben, in der ich jemanden zum Küssen gesucht habe, und da hat er sich gemeldet.«

Mama sah von mir zu ihm, und auf ihrer Stirn erschien eine steile Falte, während mein Lehrer unter seinem Messerkäppi feuerrot wurde wie ein Fischstäbchen mit reichlich Ketchup. Er machte den Mund auf und zu, ohne dass er einen Pieps herausbrachte. Da zeigte sich seine wahre Fischnatur.

»Und wenn das mit den Schülerinnen nicht klappt, dann versucht er's bei ihren Müttern!«, schob ich noch hinterher.

»Wie bitte?«, japste er. »Einunddreißig! Im WOLF stand, dass diese Miss Kiss einunddreißig ist!

»Lüge!«, rief ich. So leicht ließ ich mich nicht über den Tisch ziehen. Ich holte mein Handy heraus und suchte die SMS, die ich an den WOLF geschrieben hatte. »Hier, da steht's: *Bitte melden bei Miss Kiss, einunddrei…* oh.« Ich verstummte. Mist, ich hatte tatsächlich die Zahlen verdreht.

Aber ich hatte noch einen Trumpf im Ärmel. »Und was ist mit dem Treffen mit meiner Mutter am Montag, hm?«

»Da wollte ich mit ihr über dein Referat sprechen und die reichlich ungeeignete – entschuldigen Sie, Frau Kissinger – Textauswahl. Und über dein seltsames Betragen in letzter Zeit, weil ich mir Sorgen um dich mache.«

»Wer's glaubt«, sagte ich. »In der Wunderbar, ja klar.«

»In der Schule, in meiner *Sprechstunde*.«

Ich sah Mama an, die zu seinen Worten nickte.

Plötzlich war irgendwie die Luft aus mir raus. Was würde Briefkasten-Girl jetzt tun?, fragte ich mich. Vielleicht sich selbst eine reinhauen, damit sie endlich mal die Klappe hält?

»Bekomme ich jetzt einen Verweis?«, fragte ich kleinlaut. »Oder fliege ich von der Schule?«

Das Fischstäbchen wiegte den Kopf hin und her. Langsam hatte er wieder seine normale Farbe angenommen. »Nun ja«, meinte er und räusperte sich. »In Anbetracht des … ähem … dummen Missverständnisses in der Wunderbar will ich mal ausnahmsweise ein Auge zudrücken.«

»Lieber zwei«, sagte ich.

Er sah mich verwirrt an.

»Eins für mich und eins für Luzi.«

Als ich eine Stunde später ins Bett schlüpfte, zeigte mein Wecker drei Minuten vor Mitternacht an. Ich schloss die Augen. Jetzt konnte ich in Ruhe zwölf werden.

In dieser Nacht schlief ich wie ein Stein.

19. Kapitel

… in dem meine Mundwinkel ständig wie von selbst nach oben gehen

An Geburtstagen ist die Welt ja immer in Ordnung. Aber heute war sie ganz besonders in Ordnung. Auf einmal war alles viel schöner: der Himmel blauer, das Herbstlaub bunter, das Küssenmüssen erledigt und Mamas Kauen nervte mich wieder. Na ja, nur ganz wenig.

Aber von vorne: Als ich aufwachte, fühlte ich mich wundervoll. Ich war nicht mehr ungeküsst. Auch wenn ich nicht wusste, wem ich das zu verdanken hatte, was mich zugegebenermaßen etwas wurmte. Aber egal, jetzt war erst einmal Geburtstag. Ich stand auf, um mich im Spiegel zu betrachteten, doch ich sah aus wie immer – auch mein Hals, den ich vorsichtshalber auf Bissspuren untersuchte. Innerlich jedoch war ich ein neuer Mensch. Reifer. Erwachsener. Und außerdem ein Jahr älter.

Von unten hörte ich Mama in der Küche mit Geschirr klappern und roch schon meinen Geburtstagskuchen. Als ich schließlich die Treppe hinunterging, sah ich, wie Bruno gerade die Smarties davon stibitzte. Aber ich regte mich nicht auf, sondern lächelte nur. Ich war kein Kind mehr. Sollte der Kleine doch die Baby-Smarties essen, wenn es ihm Spaß machte.

Mama umarmte mich und drückte mir einen dicken Schmatz auf den Scheitel. »Alles, alles Gute zum Geburtstag, mein großer Schatz«, sagte sie. »Was willst du denn trinken, Kakao oder Früchtetee?«

»Kaffee, bitte.«

Sie guckte mich an, und ich sah, wie in ihrem Kopf die Rädchen ratterten. Dann holte sie die Kanne und schenkte mir eine Tasse ein. »Ausnahmsweise«, meinte sie, und ich lächelte. Überhaupt musste ich heute ständig lächeln. Meine Mundwinkel gingen wie von selbst nach oben.

Ich setzte mich auf meinen Platz, an dem ein kleiner Strauß Astern stand, die, wie wir jetzt wissen, nicht gut schmecken.

Paps, Ole und Bruno saßen auch schon am Tisch. Ole schüttelte mir schlaff die Hand und sagte: »Happy Birthday.« Paps wuschelte mir über den Kopf und Bruno drückte mir ein schokoladiges Küsschen auf die Wange.

Um meinen Teller herum lagen lauter bunte Päckchen. Von Paps bekam ich ein Aufklärungsbuch und einen Klamotten-Gutschein, von Ole eine selbst gebrannte CD und blaue Socken, die ihm zu klein geworden waren, von Bruno einen angeleckten Lolli und von Mama eine tolle Umhängetasche mit Nieten. Schließlich reichte sie mir noch einen Stapel Papier, um den ein rotes Satinband gewickelt war.

»Mein neues Manuskript«, erklärte sie. »Du weißt schon, die Fortsetzung von Ilonka. Den ersten Teil kennst du ja schon, und die Ideen für die Fortsetzung auch. Deshalb kriegst du's jetzt zum Probelesen. Aber verrate es nicht deinem Lehrer.«

Apropos Geschenke: Um halb elf klingelte es an der Haustür. Es war Bene, den seine Mutter mit einem Geschenk rübergeschickt hatte. Ohne mich anzusehen, hielt er es mir hin und murmelte: »Alles Gute.«

Es war eine Tüte Schnullergummibärchen.

»Die passen besser zu dir«, sagte ich und schenkte sie ihm großzügig, wie ich bin, zurück. Und unreif, wie er ist, nahm er schnellstens damit Reißaus.

Und dann, eine halbe Stunde später, stand Luzi vor der Tür.

»Hier.« Sie streckte mir ein Päckchen entgegen und biss sich auf die Unterlippe. Darin befanden sich ein Briefkastenschlüssel und eine Packung Juckpulver. »Falls mal kein Sand für Tanja zur Hand ist«, meinte sie unsicher.

Ich lächelte genauso unsicher zurück, und dann

hatte ich eine Idee, wie ich zwischen uns alles wieder so richtig, richtig in Ordnung bringen konnte.

»Kommst du heute Abend zu meiner Pyjama-Party?«, fragte ich.

»Wer kommt denn noch alles?«, fragte Luzi.

»Nur du und ich«, sagte ich, und da strahlte sie auch.

Als Luzi und ich an diesem Abend nach zwei Filmen, zwei Pizzen und zwei Tüten Chips nebeneinander im Dunklen auf meiner Matratze lagen, fragte ich: »Wie geht's eigentlich Leons Nase?«

Luzi zuckte mit den Schultern. »Erwähne nicht diesen Namen. Wegen dem sind wir aufgeflogen. Er war ein schreckliches Hinterteil.«

»Arsch«, korrigierte ich.

Luzi lachte.

»Ich hab übrigens geküsst gestern Abend«, sagte ich in die Finsternis.

»Nein!«

»Doch!«

»Wen?«

Das wüsste ich auch gern. »Einen Vampir«, antwortete ich.

Sie stieß mich unter der Decke mit dem Fuß an.

»Ich weiß es wirklich nicht«, gab ich zu. »Er war zu gut verkleidet und es war stockfinster.«

»Und, wie war's?«

»Ich habe die Lippen locker gelassen, schön weitergeatmet, nicht wild rumgeschlabbert. Schätze, ich bin ein Naturtalent.«

»Wie im Schwindeln, hm?«, meinte Luzi, und ich bleckte ihr die Zunge, auch wenn sie es nicht sehen konnte. »Aber mich hat eigentlich eher interessiert, wie dir das Küssen *gefallen* hat«, bohrte sie weiter.

»Och, nicht schlecht.« Die Untertreibung des Jahrhunderts.

»Sag mal …«, fragte ich zögerlich, »… hast du Leon eigentlich auch schon einen Zungenkuss gegeben?«

»Nö.« Luzi schnaubte. »Ich sagte doch, du sollst diesen Namen nicht mehr erwähnen.« Sie gähnte herzhaft und kratzte sich am Bein. »Kann sein, dass meine Jungsallergie gerade zurückkommt.«

»Willkommen im Klub«, meinte ich und hielt ihr die Hand hin, damit sie abklatschen konnte.

Das ist gar nicht so einfach im Dunkeln und wir brauchten mehrere Anläufe. Doch noch während Luzi versuchte, meine Hand zu treffen, begannen meine Zehen zu kribbeln, und ich hatte auf einmal so ein komisches Gefühl, als hätte ich gerade die nächste Lüge vom Stapel gelassen.

In dieser Nacht träumte ich von einem Vampir, der mit mir durch die Lüfte flog. Über uns blinkerten die

Sterne und unter uns blinkerte eine kaputte Laterne. Sein Umhang und meine Haare flatterten im Wind und mein Herz flatterte auch, und als er mich küsste, zuckte meine Briefkasten-Girl-Hand kein einziges Mal. Und dann sagte er etwas Witziges zu mir und ich kicherte. Könnt ihr euch das vorstellen: Ich *kicherte!*

Neugierig, wie es weitergeht?

Der zweite Band,
Miss Kiss sucht Mister Biss,
ISBN 978-3-570-17429-6,
ist in Vorbereitung!

Eva Hierteis, geboren 1972, studierte in Erlangen Germanistik, Anglistik und Pädagogik. Nach dem Studium volontierte sie in einem Jugendbuchverlag und arbeitete viele Jahre als Lektorin. 2005 machte sie sich als Autorin und Übersetzerin selbstständig. Sie lebt mit ihrer Familie in Nürnberg.

Anna Pfeffer

Flo
oder der Tag, an dem die Maus verrutschte

ca. 272 Seiten, ISBN 978-3-570-17406-7

Flo hat viele schlagfertige Antworten parat, doch leider immer erst, wenn es zu spät ist. Ob in der Schule oder im Streit mit Moritz von nebenan: Im entscheidenden Moment fehlen ihr die Worte. Zum Glück sind ihre BFFs, Anouk und Julia, da ganz anders. Julia liebt das Drama und Anouk lieben alle. Anscheinend auch Ben, Flos Schwarm, denn Anouk hat ihn geküsst! Auf einer Kummerkastenwebsite schreibt Flo sich ihren Ärger von der Seele. Eine gepfefferte Mail über Verräter-Anouk, Moritz und die doofe Deutschlehrerin. Natürlich wird sie das nie abschicken. Doch ein falscher Klick – und die Mail ist raus. Plötzlich steht sie im Netz und ein Shitstorm bricht los. Der einzige Lichtblick ist, dass Ben Flo auf einmal beachtet …

20256

www.cbj-verlag.de